Schietendidi

Von Paul Ontje

Impressum

Roman, 2. Auflage erschienen im Selfpublishing durch: Paul Ontje
paulontje@gmx.de

© 2021 Paul Ontje

Cover: Dream Design – Cover and Art Renee Rott
Bildlizenzen: AdobeStock 182419694, 71479605, 362984751,
shutterstock 1384045559

Lektorat und Korrektorat: Gundula Bacquet, Frankfurt am Main

Kapiteltrenner: Diana Dick (@di_di_drawings)

Buchsatz: Autorenträume

Herstellung und Verlag: BoD – Books on Demand, Norderstedt

ISBN: 9783754345559

Paul Ontje

Schietendidi

Die wundersamen Geschichten des
Tjarko Behrens

Für meine unglaubliche Familie

Inhaltsverzeichnis

Prolog

Tjarko

Zuwachs

Einer mehr im Haus

Therapie

Maria

Randberufe

Der Sittich

Personalmangel

Bullenreiten

Sofarunde

Bekehrung

Seniorenkreis

Rundfahrt

Doppelkorn

Massenkeilerei

Wiehnachtstied

Nachwort

EINE KLEINE BITTE NOCH …

Rezensionen sind für Autoren unglaublich wichtig. Nicht nur machen sie unser Buch bekannter. Es freut mich persönlich auch unglaublich zu erfahren, welche Stelle, was genau Euch besonders an SCHIETENDIDI gefallen hat. Das bestärkt mich in meiner Arbeit und macht mein nächstes Buch noch besser.

Also helft gern mit, wenn Ihr SCHIETENDIDI fertig gelesen habt, es bekannter zu machen, und schreibt mir eine kleine oder große Rezension auf Amazon.

Ich danke es Euch und freue mich darauf!

Euer Paul

Prolog

OSTFRIESLAND — SPÄTSOMMER

Gisela ist wieder unterwegs«, raunzte Heinz Boekhoff und lugte über die Hecke. Heinz hatte noch ein Jahr bis zu seinem Ruhestand. An seinen freien Tagen wuselte er am liebsten im Garten herum. Er erfreute sich noch bester Gesundheit. Jeden Morgen nahm er zwei Knoblauchpastillen. Und abends einen Kräuterschnaps. Sein Vater war mit diesem Rezept fast hundert geworden. Am liebsten arbeitete Heinz mit freiem Oberkörper. Obwohl an diesem Tage ein frischer Wind von der Nordsee wehte. Heinz störte das herzlich wenig. Ein üppiger Pelz überwucherte seine Brust.

»Nun lass sie doch«, erwiderte seine Frau. Trudi stand mit Lockenwicklern im Haar auf der Terrasse und bügelte den letzten Schwung Wäsche.

Heinz fuhr kopfschüttelnd mit der Heckenschere über das Grün. Die Gisela war schon zu bemitleiden. Seit ihr Mann das Zeitliche gesegnet hat, sprach sie mit den Tauben, die jeden Morgen in ihrer Einfahrt hockten und dumm durch die Gegend gurrten. Tauben waren für Heinz die Ratten der Lüfte. Schissen meistens seinen Wagen voll, wenn der frisch gewaschen war. Und seit Gisela die dämlichen Viecher fütterte, vermehrten sich die Vögel wie Karnickel.

Ja, Gisela tat ihm schon leid. Ungeplant Witwe. Doch wer plant schon das Ableben eines geliebten Ehemannes? Dummerweise ersoff er in dem kleinen Bach, der sich hinter der Wohnsiedlung entlangschlängelte. In Ostfriesland nannte man solche Gewässer üblicherweise »Schlot«. Und an diesem Schlot versammelten sich an diesem sonnigen Tag im Spätsommer unzählige Enten und Tauben. Denn das Federvieh wusste genau, wann Fütterungszeit war.

»Putti, Putti«, trällerte Gisela und warf eine Handvoll Vogelfutter auf den Rasen. Nicht irgendein Futter. Das Beste sollte es sein für ihr geliebtes Federvieh. Oft war Gisela den halben Tag unterwegs und kam abends mit einer ganzen Wagenladung Körner wieder zurück. Ihr Schuppen war bis oben hin voll mit dem Zeug.

Und so zeigte sich Gisela auch heute wieder

großzügig, hüpfte zwischen den Tauben umher, jubilierte und trällerte. Lockte sogar einige neugierige Fischreiher an, die erhaben am Rande des Wassers posierten.

»Gutschi, Gutschi. Susi, Hilke«, quiekte Gisela. Susi und Hilke. Wie sie ausgerechnet auf diese blödsinnigen Namen kam, war Heinz ein Rätsel. Aber es gab dem ganzen Irrsinn, den seine Nachbarin da veranstaltete, eine komödiantische Note.

»Moin Gisela«, rief er und lächelte.

»Uuh, moin Heinz«, grüßte sie zurück. »Du lockst uns hier immer mehr Viecher an.«

»Aber sie müssen ihr Futter kriegen. Bald kommt der Herbst, und dann finden sie nichts mehr zu fressen.«

»Blödsinn«, raunzte Heinz. »Die kacken mein ganzes Dach voll. Sieh mal!« Er deutete auf sein Haus. »Weißt du eigentlich, was das für 'ne Arbeit ist, das Zeug wieder wegzubekommen?«

»Die müssen doch ihr Kaka irgendwo lassen«, sagte Gisela und widmete sich wieder ihren Vögeln.

»Ich scheiß dir mal in die Einfahrt, du dämliche Planschkuh«, zischte Heinz leise und harkte den

Heckenschnitt zusammen.

Gisela warf den Tauben eine neue Ladung Körner hin. Gierig pickten sie auf dem Boden herum und gurrten um die Wette. Zufrieden setzte sie sich auf eine alte Bank, die ihr Mann damals gebastelt hatte.

»Suusiii, nicht so hastig. Hilke, komm bei die Mama«, flötete Gisela zwischendurch. Ihre Kinder. Sie selbst hatte nie welche bekommen. Ihr Mann war viel auf See, da blieb ihm kaum Zeit, Nachkommen zu zeugen.

»Heinz, ich hab Tee gemacht!« Heinz legte den Rechen beiseite. »Ich komm, Trudi.«

Seine Frau stellte ein Kännchen auf den Tisch und legte ihrem Mann die Zeitung daneben.

»Hach, du bist ein Schatz«, seufzte Heinz.

»Ich habe auch Kuchen da«, antwortete sie.

»Lass mal. Ich schmeiß gleich den Grill an.«

»Schon wieder? Wir grillen schon seit einer Woche.«

»Egal. Solange das Wetter gut ist, will ich das ausnutzen.«

Trudi legte ihm eine Hand auf den Oberschenkel.

»Wegen Gisela. Der ganze Qualm zieht immer in ihre Küche.«

»Na und? Mir egal. Ihre dämlichen Tauben bombardieren uns mit ihrer Scheiße. Was ist wohl schlimmer?«

Einige Meter weiter das Geplärre von Gisela.

»Susi, komm. Hilke, Mama hat Happa!«

Heinz schnaubte und stand genervt auf. »Nun reicht mir das. Ich kann ihr Gesabbel nicht mehr hören.«

»Was hast du vor?«, fragte Trudi besorgt.

Ihr Mann starrte sie böse an und stapfte forschen Schrittes zum Schuppen. »Ich zeig ihr, wo der Hahn die Eier legt«, brummte er.

Ein älterer Herr mit Hund nickte freundlich.

»Moin Gisela.«

»Ach, moin Günther«, erwiderte sie und lächelte Günther an, der seinen Dackel Gassi führte.

Günther wohnte ein paar Straßen weiter. Rentner, wie fast alle in der kleinen Siedlung. Auf seiner Gassirunde machte er sonst einen großen Bogen um Giselas Haus, da er sich das Schauspiel mit ihr ersparen wollte. Doch zum Käckerchen für seinen Rauhaardackel boten sich hier viele Gelegenheiten. Dafür nahm er sogar das übliche Debakel mit der ollen Nebelkrähe in Kauf.

Gisela war heute wieder sehr unvorteilhaft gekleidet. Grünes Shirt, darunter wackelten zwei Hängebrüste, die fast bis zu den Knien reichten. Eine kurze, pinkfarbene Hose spannte sich über ihrem dicken Hintern. Sie beugte sich nach unten und klatschte in die Hände.»Ohoooo, da ist ja der Kleine. Du bist ja so niedlich.« Gisela liebte nicht nur Federvieh. Nein, sie vergötterte alle Tiere dieser Welt. Besonders kleine Hunde hatten es ihr angetan. Theo hatte keine Lust auf Knuddeleinheiten und knurrte.

»Pass lieber auf. Der Theo schnappt zu«, warnte Günther.

»Och, der Hundi doch nicht. Komm her, mein Anton.«

»Er heißt immer noch Theo«, erwiderte er.

»Kleiner süßer Anton.«

Theo fletschte die Zähne.

»Theo, Gisela. Er heißt Theo«, verbesserte Günther genervt.

Mit Namen hatte Gisela ihre Probleme. Anton hieß im Übrigen ihr verblichener Gatte.

»Gisela, vielleicht solltest du auf deine Tauben aufpassen. Der Theo ist schon ganz unruhig.« Günther schaute um sich. Das Gewimmel hatte das Ausmaß eines lebenden Bällebades erreicht. »Ach wo. Die tun dem Anton schon nichts«, meinte sie.

Günther hisste innerlich die weiße Flagge. Im Dorf munkelte man, dass Gisela immer tüdeliger wurde.

Heinz ging zum Schuppen, wo schon seit Ewigkeiten ein Feuerwerkskörper vor sich hin gammelte. Hatte sein Sohn aus Polen mitgebracht. Ein schwarzer Totenkopf prangte auf der Verpackung. Heinz kramte sein Feuerzeug aus der Tasche, hielt die Flamme an die Zündschnur und warf den Böller über die Hecke. Gespannt wartete er einige Sekunden. Nichts. Außer, dass Gisela erschrocken guckte, und Günthers Hund wie irre kläffte.

»Sag mal, bist du bekloppt?«, brüllte Günther.

Heinz schluckte. Mit dem Kerl hatte er gar nicht gerechnet. Er beschloss, den Kopf einzuziehen und schlich davon.

»Was hast du gemacht?«, fragte Trudi von der

Terrasse her.

»Äh, nichts«, log ihr Mann. Hoffentlich geht dieser Böller nicht gleich los, dachte er. Bitte lieber Gott, lass es ein Fehlzünder sein.

Heinz war erleichtert, als der laute Knall ausblieb. Vielleicht hatte er überreagiert. Ein schlechtes Gewissen plagte ihn. Nein, nicht wegen der Tauben und Gisela. Günther war sein alter Kumpel. Und Theo bekam oft ein Leckerli auf der Terrasse.

»Plopp«, ertönte ein dumpfes Geräusch hinter der Hecke.

Das soll es gewesen sein? Big Mamba stand auf der polnischen Sprengstange. Ein Witz. Nur ein mageres »Plopp«?

Dann wieder: »Plopp, Plopp.«

Heinz stutzte und schlich Richtung Hecke.

»Plopp, Plopp, Plopp.«

Fast wie Maiskörner, die sich in Popcorn verwandelten.

»Klotsch!« Jetzt klang es eher, als ob jemand einen Luftballon zerplatzen lassen würde. Heinz zuckte zusammen. Blut regnete auf seine Halbglatze. Kurz darauf schneite es Federn. Und dann landete Theos

Kopf direkt neben seinen Füßen. Sauber abgetrennt. Große und leblose Kulleraugen glotzten ihn an. Heinz stieß einen stummen Schrei aus. Gisela kreischte sich die Seele aus dem Leib. Und Günther heulte nur:»Mein Theoooo!«

Panisch rannte Heinz um die Hecke.

»Ohgottogott«, keuchte er.»Das habe ich nicht gewollt.«

»Meine Susi!«, plärrte Gisela. Sie stand mitten in einem See aus Blut, Federn und den Überresten des armen Theo.

Günther griff sich an die Brust, stöhnte laut und kippte rücklings auf den Rasen. Von oben rieselten blutige Fleischstückchen wie Schnee auf ihn herab.

»Ich ... ich war das nicht«, jaulte Heinz.

Trudi stürzte heran und schlug die Hände vors Gesicht.

»Heinz, was hast du getan?«

Ihr Mann stierte nach oben und beobachtete ein paar Möwen, die ihm gezielt einen schlabbrigen Schiss auf sein Gesicht verpassten. Das ist das Zeichen des Herrn, dachte er.

»Heinz, sag doch was«, zischte Trudi.

Heinz strich wortlos Möwenkacke von seiner Nase.

Günther rollte auf dem Boden hin und her. »Mein Theo ist explodiert. Mein kleiner Theo.«

Arno Weitzel von der Siedlung gegenüber glotzte über den Schlot.

»Was ist denn bei euch los?«, fragte er und nippte an seiner Bierflasche. Arno war ein Baum von einem Kerl. Mit seinen knapp zwei Metern, dem hochroten Kopf und einem blau gestreiften Polohemd wirkte er wie ein Leuchtturm.

»Ruf die Feuerwehr, Tierarzt und Rettungswagen!« Trudi legte mütterlich ihre Arme um Gisela und nickte Arno auffordernd zu.

»Hier ist ja was los. Wir haben Mittagsruhe!«, zeterte der.

Günther hob seinen Kopf. »Ich bekomm 'nen Herzinfarkt«, krächzte er heiser.

»Die arme Susi«, heulte Gisela und pulte an einem zerfledderten Flügel herum.

Arno streckte den Hals. »Soll ich rüberkommen?«

»Hol die Feuerwehr, du Idiot!«, keifte Trudi.

Arno trank sein Bier aus, seufzte und schlenderte in sein Haus. »Uschi, ruf mal die Feuerwehr an.«

Uschi räumte gerade die Spülmaschine aus und starrte verwundert ihren Mann an.

»Brennt es irgendwo?«

Sie war ebenso gut gewachsen wie ihr Gatte. Beide lernten sich vor zehn Jahren auf einem Treffen für ungewöhnlich große Menschen in Oldenburg kennen. Zusammen genossen sie nun ihren wohlverdienten Ruhestand.

»Ach, gib mir das Telefon, ich mach das selbst. Und such mir die Nummer vom Tierarzt raus. Günter hat einen Herzinfarkt oder so.«

»Tierarzt?«, fragte Uschi.

»Gib mir einfach das ganze Telefonbuch. Gegenüber ist die Hölle los«, raunzte Arno. »Da gibt's echt was zu gucken.«

Uschi drückte ihm das Buch in die Hände.

»Bring für die Nachbarn 'ne Kiste Bier mit, wenn du fertig bist. Ich stell ein paar Klappstühle an den Schlot«, trällerte sie und stürzte aus dem Haus.

Endlich mal was los im Dorf.

Seit diesem Tag war alles anders im friedlichen Buckbuhr, einem Vierhundert-Seelen-Dörfchen mitten in Ostfriesland. Umsäumt von weiten Feldern und unzähligen Windrädern, die stille Zeugen eines furchtbaren Blutbades wurden.

öchtest du Tee oder Saft?« Heinrich wies
mit einer Hand auf einen spärlich
gedeckten Tisch. Sein Gegenüber zuckte
mit den Schultern und schwieg. »Du bist das erste
Mal hier, oder?«

»Bin ich«, erwiderte der merkwürdige Typ und
stopfte sich einen Keks in den Mund.

»Die hat meine Frau gebacken«, bemerkte
Heinrich. »Wie heißt du?«

»Tjarko Behrens.«

»Ich bin Heini. Wie lange bist du trocken?«

Tjarko schluckte den Keks hinunter. »Wüsste
nicht, was dich das angeht!«

»Deswegen bist du doch gekommen, oder?«

»Wollte mir das hier nur mal anhören.«

»Naja, wir reden gleich ganz locker darüber. Ach,
da kommen die anderen.«

Drei Männer kamen durch die Tür, hängten ihre
Jacken an die Garderobe und nickten Tjarko
freundlich zu.

»Moin. Schön, dass du da bist«, sagte einer im schnieken Anzug.

»Mal seh'n«, grummelte Tjarko, zog seine Arbeitshose über den Bauch und musterte die drei Typen. Sahen aus wie einer Familienserie entsprungen. Der eine mit Krawatte und weißem Hemd, die anderen beiden so um die vierzig, mit Rollkragenpulli und Jeans. Die Rollkragentypen streckten die Hand aus. »Jonas.«

»Torben«, stellte der andere sich vor. »Und der schnieke Herr im Anzug heißt Jens.«

Tjarko deutete so etwas wie ein Lächeln an. »So, und ihr seid die anonymen Schlucker?«

Jonas schluckte. »Ähm ... also, wenn du das hier nicht ernst nimmst ...«

Torben drängte sich vor und legte eine Hand auf Tjarkos breite Schulter. »Ja, in der Tat. Wir sind alle Säufer. So wie du auch.«

»Ich hab nur ein kleines Problem«, raunzte er.

»Das sagen alle am Anfang.«

Jens schenkte Tee ein und versenkte einen Kluntje in der Tasse. »Nun setz dich erst mal hin und erzähl von dir.«

»Was'n das für ein Lackaffe?« Tjarko blickte abfällig auf den Anzugtypen.

»Sag mal, was ist mit dir los? Niemand hat dich gezwungen, zum Meeting zu kommen«, raunzte Torben.

»Meine Schwester hat es mir geraten.«

»Also hast du ein Problem. So wie wir auch. Wir sind alle Alkoholiker. Schlucker, Säufer. Wie auch immer du es nennen magst.«

»Ihr seht aber nicht danach aus.«

Heinrich grinste und drängte sich dazwischen. »Was hast du erwartet? Eine Truppe besoffener Typen?«

»Vielleicht«, erwiderte Tjarko trocken.

Lachend setzte sich Heinrich auf einen Stuhl. »Na, vielleicht bist du auch noch nicht so weit.«

»Wie weit sollte ich denn sein?«

»Dass du offen über dein Problem redest. Dich freimachst. Loslässt. Offen sein ist unsere absolute Devise.«

»Und nachher lutschen wir uns alle an den Klöten, oder wie?«

Torben haute mit der Faust auf den Tisch. »Sag mal, was bist du für ein Arsch?«

Heinrich hob die Hände und wies mit seinen Augen zu einem Stuhlkreis. »Vielleicht sollten wir uns alle setzen und mit einer Achtsamkeitsübung beginnen.«

»Einer was?«, brummte Tjarko.

»Lass dich überraschen. Das wird dich entschleunigen.« Entschleunigen. Tjarko hatte nicht die Bohne einer Ahnung, was Heini damit meinte. War auch egal. Er musste dieses Affentheater irgendwie durchhalten. Schließlich hatte er seiner Schwester versprochen, das Ding durchzuziehen. Missmutig setzte er sich auf einen Stuhl. Minuten später hockten alle Männer im Kreis zusammen. Heinrich kramte ein kleines Glöckchen heraus und drückte es Tjarko in die Hand.

»Ist schon Weihnachten?«, raunzte der.

»Nein, nein«, erwiderte Heinrich. »Du bist jetzt der Hüter der Dialektik.«

»Häh?«

»Wenn jemand unsere Gruppenregeln nicht einhält, klingelst du.«

»Regeln?«

»Die erzählen wir dir nach der Übung.« Heinrich

verschränkte die Arme und legte eine Hand auf seine Brust. »Lasst uns unser Sonnengeflecht spüren.« Tjarko blickte griesgrämig in die Runde. Die anderen Herren hatten mittlerweile ihre Augen geschlossen und folgten Heinrichs Anweisung.

Heinrich legte den Kopf in seinen Nacken und brummte: »Und jetzt spürt die Mitte eures Körpers. Konzentriert euch auf das Zentrum des Lebens. Klopft an die Tür eurer Seele.«

Ein gemeinsames »Unsere Tür der Seele« folgte.

Tjarko hatte genug von der Muppet-Show und betätigte sein Glöckchen.

»Was ist?«, fragte Heinrich.

Tjarko stand schnaufend auf. »Seid ihr alle nicht ganz dicht in der Birne?«, zischte er.

»Was soll das?«, keifte Torben. »So kann ich mich nicht entspannen.«

Tjarko warf ihm das Glöckchen zu und grinste.

»Macht mal alleine weiter. Ich trink mir einen.«

Heinrich schüttelte den Kopf. »Dann müssen wir dich leider bitten, unser Meeting zu verlassen. Wir dulden keinen Alkohol in unserer Runde.«

Tjarko latschte zur Garderobe und riss seine Jacke

vom Haken.

»Okay. Kein Problem. Bin ich halt umsonst den weiten Weg gefahren.«

Torben zeigte ihm einen Mittelfinger. »Verpiss dich und werde glücklich mit deinem Schnaps.«

Tjarko grinste breit und kramte einen Flachmann aus der Hosentasche. »Ich sag mal den drei Fragezeichen tschüss. Und Heini, danke für die Kekse. Die waren wirklich scheiße.«

»Sauf deinen Dreck draußen«, keifte Torben.

»Willste auch einen? Ich hab die Tasche voll mit dem Zeug. Bester Korn.«

»Raus!«, brüllte Heinrich und lief rot an. »Ich erteile dir Hausverbot. Für immer.«

Tjarko öffnete in aller Seelenruhe die Flasche.

»Kein Problem. Macht ihr man gleich eure Heulrunde. Ich kipp' mir einen.«

»Ich hau dem eine rein!« Torben stürzte sich auf ihn und bekam als Antwort Tjarkos Faust auf die Nase.

»Du Arschloch!«, brüllte er und fing an zu heulen.

»Zehn Jahre bin ich trocken. Zehn verdammte Jahre. Du weißt gar nicht, worum es geht.«

»Leck mich!«, raunzte Tjarko und knallte die Tür

mit voller Wucht hinter sich zu.

Heinrich zuckte mit den Schultern und lächelte.

»So, lasst uns weiter machen. Wo waren wir stehengeblieben?«

»Beim Sonnengeflecht«, erwiderten seine Mitstreiter und schlossen ihre Augen.

Dicke Regentropfen prasselten auf Emdens Straßen nieder und verwandelten unzählige Schlaglöcher in tiefe Pfützen. Der Oktober kündigte sich mit dem ersten Sturm an. Tjarko Behrens klebte mit seiner Nase an der Windschutzscheibe und fuhr auf Sicht. Die Scheibenwischer hatten schon lange ihren Geist aufgegeben. Lag aber wohl auch daran, das Tjarko seinen alten Mercedes seit Jahren nicht mehr gewaschen hatte. Auf dem Rücksitz lagen irgendwelche Mahnschreiben von Ämtern zwischen anderem Müll. Leere Schnapsflaschen kullerten auf dem Boden zwischen seinen Füßen herum. Er drosselte das Tempo und kickte sie wieder unter dem Sitz durch nach hinten. Der Regen wurde immer heftiger, zudem setzte Wind ein. Zweige flogen durch die Gegend.

Als er den unbefestigten Weg zu seinem Hof erreichte, kippte hinter ihm eine Pappel wie ein Streichholz um. Den Weg nach Emden hätte er sich sparen können. Seine Schwester nervte ihn schon seit ein paar Wochen, endlich etwas zu tun. Mitten in der Nacht rief sie ihn aus Hamburg an, gab ihm schluchzend die Nummer von Heinrich, dem Vorsitzenden der anonymen Trinker. Er versprach, hinzugehen. Nur um ihre ständigen Vorwürfe nicht mehr hören zu müssen.

Nicole machte sich Sorgen. Das verstand Tjarko. Seit seine Mutter auf dem Hof an Krebs gestorben war, lebte er allein. Kümmerte sich mit einem Hofhelfer um das Milchvieh und unzählige Maisfelder. Tjarko kannte nichts anderes. Er war hier aufgewachsen, hatte eine Lehre zum Landwirt gemacht und seinem Vater dabei zugesehen, wie der sich langsam, aber sicher ins Jenseits soff. Tjarko trat in seine nassen Fußstapfen. Kippte oft schon morgens einen Schnaps in sich hinein, um überhaupt die Kühe melken zu können. Pegelsäufer. Immer auf Alk. Das berauschende Gefühl war schon lange weg. Er soff nur noch, um seinen Körper unter Kontrolle zu halten. Ihn nervten die Kotzattacken in der Nacht. Wurden immer schlimmer über den Sommer. Manchmal vermischte sich auch Blut mit der galligen Soße. Tjarko wusste, wenn er so weitermachte, konnte er seinen vierzigsten Geburtstag nächstes Jahr vergessen. Vielleicht hatte er gar keine Lust, so alt zu werden. Momentan war ihm alles egal. Hauptsache rein mit dem Zeug. Auch wenn sein Körper ihm was anderes verklickerte.

Der kleine Weg zum Hof war kaum befahrbar. Tiefer Matsch ließ seine Reifen durchdrehen. Tjarko stellte den Wagen mitten auf dem Weg ab und stieg aus. Er zog die Kapuze tief in das zerfurchte Gesicht. Die Narben - eine Erinnerung an seine verkorkste Jugend. Akne übelster Sorte. Der pickelige ostfriesische Bauernjunge. In der Schule wurde er gehänselt. Freunde hatte er nie gehabt. Dazu blieb ihm auch gar keine Zeit. Sein Vater nahm ihn hart ran. Während andere munter angeln gingen, musste er im Kuhstall Scheiße schippen.

Tjarko hielt seine Hände schützend vor die Augen. Der Wind drehte auf. Regentropfen verwandelten sich in schmerzende Geschosse. Dachschindeln lagen vor seinen Füßen, als er sein Haus erreichte. So eine Scheiße. Er hasste den Herbst. Von wegen norddeutsche Romantik. Sauwetter war das. Hier, mitten auf dem Land, schob der Sturm wie eine Urgewalt über die Felder und erwischte den alten Hof jedes Jahr mit voller Breitseite.

Er stemmte die Tür auf und schmiss seine nasse Jacke durch den Korridor. Die Schuhe landeten gezielt daneben. Auf direktem Weg schlurfte Tjarko zum Kühlschrank, holte eine Flasche Bier heraus und trank sie in einem Zug leer. Bier war sein Wasser. Von dem Zeug konnte er literweise trinken und wurde nicht besoffen. Der Magen schmerzte, als der Gerstensaft in seinen Körper floss. Er kotzte achtlos in das Spülbecken, zog die Hose aus und fläzte sich auf das speckige Küchensofa. Der Regen laut wie ein Trommelfeuer. Ein Wetter zum Mäusemelken. Der perfekte Abschluss für einen beschissenen Tag. Zwei Totgeburten bei den Kühen und eine fette Rechnung vom Tierarzt verhagelten ihm komplett die Lust auf seinen Besuch bei der Selbsthilfegruppe. Langsam ging ihm die Puste aus. Am liebsten hätte er seine

Siebensachen gepackt. Ab auf eine einsame Insel. Mit Cocktails und netten Damen. Frauen waren für den Landwirt ein Fremdwort. Machten einen großen Bogen um ihn. Kein Wunder. Tjarko war nicht mit Schönheit gesegnet. Neben der narbigen Haut passte sein Kopf irgendwie nicht zum restlichen Körper. Wuchtig und ohne Hals klebte das haarlose Ding auf den breiten Schultern. Darunter prangte ein beachtlicher Bauch. Und viel zu dünne Beine. Oft erbte man eben nur die schlechten Gene der Eltern. Wie die Sauferei seines Vaters. Oder die ostfriesische Offenheit der Mutter. Tjarko trug sein Herz auf der Zunge. Sagte offen heraus, was er dachte. Das brachte ihm in Buckbuhr allerdings meistens nur Ärger ein. Das Dorf war seit dem Sommer eh nicht mehr so, wie er es kannte. Außer einem trockenen »Moin« ließ sich keiner mehr auf einen Schnack ein. Machte ihm nicht sonderlich viel aus. Das Gesabbel der anderen war Tjarko ohnehin zu anstrengend.

Tjarko Behrens war der typische Einzelgänger. Nachdem sein Vater abgedankt hatte, musste er den Hof allein weiterführen. Mit seinen neununddreissig Jahren fühlte er sich am Ende einer Sackgasse angekommen. Ohne Möglichkeit umzukehren. Und so chaotisch, wie es in Tjarko selbst aussah, präsentierte sich auch sein Hof. Die Melkanlage pfiff auf dem letzten Loch. Eigentlich nagte an dem ganzen Hof der Zahn der Zeit. Wo man auch hinsah, stapelte sich alter Krempel. Ausrangierte Landmaschinen, Schrott und andere Relikte. Jedes Museum hätte ihm das alte Zeug mit Handkuss abgenommen. Modernisieren war für Tjarko ein Fremdwort. Das Einzige, was er angeschafft hatte, war ein Automat für frische Eier, der vor seinem Hof stand. Tjarkos Mutter liebte Hühner über alles. Und Tjarko betrieb den Hühnerstall weiter. Er brachte es nicht übers Herz, die letzten Erinnerungen an sie verschwinden zu lassen. Der Verkauf der Eier brachte nur ein kleines Taschengeld. Das reichte für ein paar Flaschen Schnaps. Oft saß er im Sommer abends auf einer alten Holzbank und ließ den müden Blick über das bescheidene Anwesen schweifen. Trank dabei eine oder zwei Flaschen Korn. Für ihn war das normal. Wie andere ihren Tee genossen, kippte er den Fusel literweise in seinen geschundenen Magen.

Diese Nacht war wie tausend andere davor. Oft fand er nicht in den Schlaf. Lag auf dem Sofa und suchte Ruhe. So lauschte er dem Sturm, fühlte sich unsagbar einsam, trotz seiner hundertzwanzig Kühe, die nebenan im Stall blökten. Irgendwann driftete er weg in einen neuen, traumlosen Schlaf.

Ein paar Meter vom schnarchenden Landwirt entfernt fegte der Wind über den Kuhstall. Einige Tiere liefen aufgeregt hin und her, stimmten in das Muhen ihrer Artgenossen ein. Die trächtigen Kühe lagen unbeeindruckt auf dem Boden und kauten gelangweilt am Heu. Sie ließen sich auch nicht stören, als das Tor wie von Geisterhand aufschlug und der Sturm mit voller Wucht in den Stall wehte. Ein Schwung Laub wurde hineingedrückt und verteilte sich tänzelnd zwischen dem Milchvieh. Einige Kühe standen gemächlich auf und glotzten neugierig hinaus. Lautes Poltern und ein tiefes Schnauben weckte dann schließlich doch die Aufmerksamkeit der gesamten Herde. Aufgeregtes Muhen setzte ein. Mutterkühe versammelten sich schützend vor ihren Kälbern. Ein spärlicher Lichtschein flimmerte auf. Zerschnitt die Schwärze der Nacht. Bohrte einen schmalen Strahl in den Stall. Der Betonboden vibrierte. Und dann starrten über hundert Augenpaare auf ihren unverhofften Besuch, der schnaubend an ihnen vorbeistolzierte.

ZUWACHS

Unaufhörlich begleitete heftiger Regen die Nacht. Erst am frühen Morgen legte sich der Sturm. Dunkle Wolken hingen tief über den Feldern. Die Sonne verkroch sich feige hinter dem Horizont, als hätte sie keine Lust, an diesem Morgen ihre Arbeit zu verrichten.

So wie Tjarko Behrens.

Der sah sich benommen um. Stierte verschlafen auf die Wanduhr. Halb sechs. Er grunzte. So ein Mist. Mal wieder das Melken verpennt. Tjarko schleppte sich ins Bad, kratzte sich an den Klöten und ließ kaltes Wasser auf seinen schmerzenden Kopf plätschern.

Ein paar Minuten später torkelte er zum Kuhstall und öffnete keuchend das Tor. Grelles Neonlicht blendete seine entzündeten Augen. Klaas, sein Hofhelfer, spülte gerade mit einem dicken Schlauch Kuhscheiße vom Betonboden. Klaas kam aus Simonswolde. Ein verschlafenes Nest, nur einen Katzensprung von Buckbuhr entfernt. Sonnengegerbte Haut spannte sich über seinen kantigen

Schädel. Trotz der Kälte hatte er nur ein kurzärmliges Shirt übergezogen. Über der Arbeitshose wölbte sich ein stattlicher Bauch.

»Moin«, grüßte der Landwirt heiser und nickte Klaas zu.

»Moin Chef. Hier ist alles fertig«, erwiderte der.

»Danke.«

»Kein Problem. Schlecht geschlafen?«

Tjarko fuhr mit der Hand über seine Glatze.

»Alles gut.«

»Sag mal, hast du 'nen Bullen gekauft?«

»Was für einen Bullen?«, brummte Tjarko.

Klaas stellte das Wasser ab und schmiss den Schlauch beiseite. »Komm mal mit.«

Tjarko fühlte sich beschissen. Hatte keine Lust auf dumme Scherze. Trotzdem schlurfte er seinem Helfer mürrisch hinterher.

Kurz darauf waren die Müdigkeit und das unangenehme Sodbrennen vergessen. Er schluckte und starrte in die schwarzen Glubschaugen eines prächtigen Bullen, der mitten unter den trächtigen Kühen stand.

Klaas drückte seine Wampe an die Metallstangen

und kratzte sich am Kopf. »Heute Morgen bin ich echt erschrocken. Dachte schon, ich spinne! Hättest ja mal was sagen können.«

Nicht den Hauch einer Ahnung hatte sein Chef. »Ich ... äh ... hm ... was macht das Viech hier?«

»Das solltest du doch am besten wissen.«

»Ich habe ... keine Peilung.« Tjarko hockte sich auf einen Strohballen und beobachtete, wie der unerwartete Neuzugang gelangweilt an einem Büschel Heu kaute.

»Hör mal.« Klaas setzte sich neben ihn. »Ich will dir nicht zu nahetreten, aber in letzter Zeit bist du nicht mehr ganz bei der Sache.«

»Ich? Ich bin voll da. Keine Sorge. Und glaub mir, keine Ahnung, wo das Vieh herkommt.«

»Dann streng deinen Grips an und kläre die Sache. Und sieh zu, dass dieses Monster von den Kühen wegkommt. Ich muss weiter.« Klaas stand auf und machte sich wieder an seine Arbeit.

Tjarko massierte seine Schläfen. Ihm waren schon einige Tiere zugelaufen. Hühner, unzählige Katzen ... aber ein Bulle war ihm noch nicht untergekommen.

War ihm jetzt auch scheißegal. In seinem Kopf

drehte sich alles. Übelkeit stieg in ihm hoch. Im Darm blubberte es bedrohlich.

»Bis nachher. Ich muss noch 'ne Runde kacken und pennen«, murmelte er und wieselte mit zusammengekniffenen Arschbacken in sein Haus.

Das Telefon bimmelte. Tjarko lag bäuchlings auf seinem Küchensofa und lugte auf die alte Pendeluhr.

»Halb zehn, so 'ne Scheiße«, brummte er heiser und quälte sich hoch. Brauchte ein paar Sekunden, um wieder im Hier und Jetzt zu sein. Lustlos stand er auf, schnappte sich eine halbleere Pulle Schnaps vom Küchentisch und wankte in den Hausflur.

»Moin«, knurrte er heiser.

»Tjarko? Nicole hier.«

»Ach, Schwesterherz. Wie geht es?«

Kurzes Schweigen.

Dann: »Hast du wieder getrunken?«

»Nein. Wie kommst du darauf?«

»Du klingst so.«

»Ich bin nur müde. Viel Arbeit hier.«

Glatte Lüge. Aber immer noch besser als die Wahrheit.

»Warst du gestern bei der Gruppe?«

»Klaro.«

»Ja und, wie war es?«

»Toll. Ganz toll.«

»Schön. Du, ich hab ein Anliegen.«

»Mach es nicht so förmlich. Ich bin ganz Ohr«, brummte er.

Nicole hüstelte. »Das mit Thorsten ist vorbei.« Tjarko wurde mit einem Schlag hellwach und riss die Augen auf. Endlich mal 'ne gute Nachricht.

»Er ...«, schluchzte seine Schwester. »Das miese Stück Scheiße hat mich betrogen.«

»Fremdficker.«

»Was?«

»Nix. Äh, das ist ja schlimm.« Ein Grinsen flog über sein Gesicht.

»Ja, ich bin völlig fertig. Brauch mal 'ne Auszeit.«

»Flieg doch weg. In den Süden. Einfach mal abschalten von diesem Arschloch.«

Arschloch war noch untertrieben. Sein Schwager war die größte Flachpfeife, die es auf der Welt gab.

»Ich dachte, ich komme ein paar Tage zu dir.«

Stille.

Tjarko atmete tief ein.

»Brüderchen, ich war lange nicht mehr zu Hause. Ich bekoche dich ein paar Tage und kümmere mich mit um den Hof. Wie früher. Brauch echt 'ne Pause.«

»Ganz ehrlich? Das passt mir gar nicht.«

»Du hast gesagt, ich kann jederzeit kommen.« Tjarko grunzte. »Ich hab gar nichts gesagt. Hör mal. Hier ist viel zu tun. Morgen soll es trocken werden und der Mais muss rein.«

So viel Ahnung hatte seine Schwester. Sie wusste, dass das eine glatte Ausrede war. Der Mais war schon längst eingefahren.

»Ich wollte heute schon kommen«, sagte sie.

»Negativ. Ich ...«

»Ach komm. Ich weiß, dass du nicht aufgeräumt hast. Mir egal. Ich muss hier raus. Thorsten ist gestern ausgezogen. Allein drehe ich noch durch.«

»Na ja, ich mach dein altes Zimmer klar.«

Altes Zimmer. Da oben standen kistenweise leere Flaschen herum. Ihn überkam leichte Panik.

»Du bist ein Schatz. Ich nehme heute Mittag den Zug. Holst du mich in Emden ab? So gegen fünf?«

»Ja ... aber ich ...«

»Bis dann. Hab dich lieb«, trällerte Nicole und legte auf.

Tjarko schnaufte und schlug die Hände vors Gesicht. »Fuck«, brüllte er und trat gegen eine Kommode.

Panisch rannte Tjarko durch das Erdgeschoss. Das würde er niemals schaffen. Sein Haus war ein Saustall. Das wusste er selbst. Bisher gab es auch keinen Grund, den Putzlappen zu schwingen. Er war eh meistens zu besoffen dafür. Aber in diesem Dreckloch würde seine Schwester die Krise bekommen. Zudem hatte er ihr beim letzten Telefonat hoch und heilig versprochen, mit dem Saufen aufzuhören. Die Sache mit dem Bullen musste warten. Ihm blieb nicht viel Zeit. Eine nahezu unlösbare Aufgabe. Er fühlte sich gerade wie ausgekotzt. Nützte ja nichts. Zur Stärkung nahm er einen Schluck Korn und begann seine frustrierende Bestandsaufnahme.

Die alte Küche war voller Unrat. Verschimmelte Essensreste, leere Bierdosen und verdrecktes Geschirr. Vor zwanzig Jahren hatte seine Mutter darauf bestanden, eine neue Küchenzeile zu bekommen. Ihr ganzer Stolz. Mit Spülmaschine und Umluftofen. Beides diente jetzt nur noch als Vorratskammer für seinen Alkohol. Im Korridor und auf der Treppe herrschte ein wildes Durcheinander von leeren Flaschen, alten Pizzaschachteln und Unmengen von Dreckwäsche. Zudem lag ein übler Geruch in den Räumen und zwang jeden Außenstehenden, die Luft anzuhalten, um nicht in ewige Ohnmacht zu fallen. Klaas sagte mal, es würde riechen wie in einer vollgekotzten Fischbude. Inzwischen hatte aber auch der sich dran gewöhnt.

Tjarko warf einen Blick auf seine Uhr. Sechs verdammte Stunden hatte er Zeit, aus dem Dreckloch eine halbwegs bewohnbare Hütte zu zaubern. Er kramte einen Putzeimer und ein paar Flaschen aus dem Schrank, die irgendwie nach Reinigungsmittel rochen, und kippte wahllos das ganze Zeug zusammen.

Viel hilft viel, dachte er und musterte das Etikett einer schwarzen Flasche.»Reinigerfabrik Zwickau DDR« stand auf dem vergilbten Etikett. Keine Ahnung, wer das Gebräu besorgt hatte. Musste schon etwas her sein. Er zuckte mit den Schultern und kippte den Inhalt zu der anderen Brühe, die sofort bedrohlich zu blubbern anfing.

Klaas polterte in die Küche.

»Was stinkt denn hier so?«

»Mann! Kannst du nicht anklopfen?«, zischte Tjarko und feuerte ihm die leere Plastikflasche entgegen. Klaas wich aus, griff nach dem Reiniger. »Willst du dich vergiften?«

»Gib her«, zischte sein Chef und riss ihm das Gefäß aus den Händen. »Das ist nur was für Erwachsene.«

»Was hast du denn vor?«, fragte Klaas und runzelte die Stirn.

»Wonach sieht es denn aus? Ich will putzen.«

»Putzen? Du?«

»Meine Schwester kommt zu Besuch.«

Klaas grinste. »Na, dann hast du ja einiges zu tun.« Er wischte mit einer Hand einen Stapel Papiere vom Stuhl und setzte sich hin. »Ich hab ja immer gesagt ... besorg' dir eine Putzfrau.«

»Putzfrau? Ich lasse keine fremden Leute in meinen Sachen rumwühlen. Das kann ich auch allein.«

»So, wie du heute wieder aussiehst, kannst du nur eines.«

»Was?«

»Schlafen.«

»Kümmer dich um deinen Scheiß!«

»Sag mir lieber mal, was ich mit dem ollen Bullen anstellen soll.«

»Wieso? Stört er dich?«

»Der glotzt mich die ganze Zeit an.«

»Na und?«

»Das nervt.«

»Lass ihn glotzen«, grummelte Tjarko. »Mach deine Arbeit und überlasse den Bullen mir.«

»Wie du meinst.« Klaas stand auf und warf ihm böse Blicke zu.

»Was ist?«

»Vielleicht solltest du weniger saufen.«

»Verpiss dich.«

Nachdem der Hofhelfer wütend die Tür zugeknallt hatte, machte sich Tjarko an die Arbeit. Er kramte eine Rolle Mülltüten aus einem Schrank und stopfte wahllos alte Zeitungen und irgendwelche Schreiben in die Plastikbeutel. Dann stapfte er zum Bad. Eigentlich hatte es die Bezeichnung Badezimmer längst nicht mehr verdient. Es glich eher einer

Tropfsteinhöhle. Grüne Kacheln, verschimmelte Fugen und ein versiffter Spiegel, an dem man alles finden konnte außer seinem eigenen Spiegelbild. Im Waschbecken tummelten sich Körperhaare und angetrocknete Zahnpastareste. Seit Jahren hatte Tjarko nicht mehr gelüftet. Die Heizung durchgehend voll aufgedreht. Atemluft verwandelte sich in Kondenswasser und rieselte als tropischer Regenschauer von der Decke. Ihn überkam leichte Panik. Wie um Himmels willen sollte er dieses Sumpfloch sauber kriegen? Er entschied sich, die Sache mit einem gewissen System anzugehen. Zuerst war der Spiegel fällig. Tjarko war drauf und dran, das Ding einfach von der Wand zu reißen. Es kostete ihn einige Mühe, die dicke Schmierschicht abzuwischen. Dann widmete er sich dem Fußboden. Auf allen Vieren hockte er auf den Fliesen und schrubbte den Schmodder der letzten Jahre aus den Fugen. Das Schwierigste kam zuletzt: Sein Scheißhaus. Er schüttete zur Motivation einen Flachmann und begutachtete die völlig verdreckte Kloschüssel. Die alte Klobürste zerbrach bereits nach dem ersten Schrubben in zwei Teile. Fluchend schmiss er sie in die Duschwanne. Jetzt half nur noch pure Chemie. Er schnappte sich den Eimer und kippte das stinkende Gemisch in die Keramik. Ein lautes Zischen. Das braune Wasser im Siphon gluckerte. Grüner Nebel waberte aus der Kloschüssel.

»Was soll's«, murmelte Tjarko, zuckte mit den Schultern und kickte mit einem Fuß den Deckel zu.

Nach zwei Stunden hatte er es tatsächlich geschafft, das Untergeschoss halbwegs bewohnbar zu machen. Unzählige Kartons waren vollgepackt mit leeren Flaschen, die er nacheinander in den Keller schleppte. Wieder oben angekommen, latschte er zum Klo und stellte mit einer gewissen Genugtuung fest, dass sein Zaubertrank ganze Arbeit geleistet hatte. Abgesehen von einer blubbernden Wasserlache auf dem Boden war die Keramik komplett von seinen Kackeresten der letzten Jahre befreit.

»Perfekt«, murmelte er.

Ein Grund zum Feiern, dachte Tjarko. Hektisch schaute er sich um. Suchte den Flur nach irgendetwas Trinkbarem ab. Sein Herz pochte, und der dezente Tremor seiner Hände warnte ihn, dass sein Alkohol-pegel gesunken war. Auf seinen Körper konnte er sich hundertprozentig verlassen. Zeit zum Auftanken. So schnell wie möglich. Jetzt hatte er noch Gelegenheit dazu. Er legte sich auf den Bauch und schaute unter seinen Wohnzimmerschrank. Volltreffer.

Tjarko fischte eine Flasche hervor und musterte das Etikett. Haselnusslikör. Zwanzig Umdrehungen. Für ihn ein Fliegenschiss. Egal. Hauptsache Alkohol. Also rein damit. Gierig leckte er sich die Lippen und schluckte die letzten Perlen des öligen Zeugs hinunter. Tjarko entließ einen leisen Rülpser und äugte aus dem Fenster.

Ein Wagen bog hupend in den Hof ein.

»Der hat mir jetzt noch gefehlt«, grantelte er leise.

Rolf Ohling, der Schweinezüchter. Sein Hof lag am anderen Ende des Dorfes. Rolf war ein Jahr jünger als Tjarko, immer mit Wollmütze unterwegs. Egal ob Sommer oder Winter. Lange, strähnige Haare, ein spitzes, unrasiertes Gesicht. Obwohl Ohling jeden Tag mindestens drei Schnitzel vertilgte, sah er aus wie ein tapezierter Knochen. Kein Gramm Fett befand sich an seinem Körper. Tjarko hasste den Kerl, seit er denken konnte. Ohling war keine große Leuchte. Schaffte mit Ach und Krach seinen Schulabschluss. In Buckbuhr markierte er den großen

Macker. Große Schnauze und nichts dahinter. Ein Dummschnacker vor dem Herrn. Früher heizte er mit seinem Wagen über die Feldwege. Fuchsschwanz an der Antenne und die Musikanlage voll aufgedreht. Oft war er dann am Behrenshof stehengeblieben und hatte grinsend beobachtet, wie Tjarko die Kühe zum Melken getrieben hatte. Meistens hatte Ohling irgendeine Tussi neben sich sitzen. Der Kerl vernaschte damals alles, was nicht bei Drei auf dem Baum war.

Letztendlich musste der Schweinebauer die hässliche Elke aus Victorbur heiraten, nachdem er sie besoffen geschwängert hatte. Jeder bekam eben seine gerechte Strafe.

Rolf Ohling war neben Tjarko der einzige Landwirt in Buckbuhr. Die anderen Höfe waren in den letzten Jahrzehnten nacheinander pleite gegangen. Das Land wurde an den Kreis Aurich verkauft. Die hohen Herren planten eine feudale Umgehungsstraße. Und die meisten Bauernhöfe lagen halt genau da, wo sich in ein paar Jahren der Asphalt durchschlängeln sollte.

Wie Tjarko kämpfte auch Ohling um das nackte Überleben. Das war aber auch schon die einzige

Gemeinsamkeit, die sie hatten. Ohling machte auf Schweine, Behrens hatte Milchvieh. Doch seit Ewigkeiten standen beide Familien im Clinch. Alte Tradition. Joke Behrens, Tjarkos Vater, und der alte Ohling verprügelten sich alljährlich auf dem Schützenfest in Buckbuhr. Es ging so weit, dass gespannte Dorfbewohner sich im Festzelt die besten Plätze aussuchten und hohe Wetten abschlossen.

Joke gewann jeden Kampf.

Ohling schüttete ihm zum Dank einen ganzen Tank Schweinegülle auf den Hof. Als Rache ließ Joke Ohlings Hühner frei. Gackernd wanderten sie durch das Dorf, und es war für alle ein Heidenspaß, die Viecher wieder einzufangen. Außer für Ohling. Der regte sich darüber so auf, dass sein hoher Blutdruck chronisch wurde. Irgendwann bekam er den ersten Herzinfarkt. Die Prügeleien wurden bald zu einem langweiligen Event. Oft stand Ohling vor der versammelten Dorfgemeinschaft, bekam von Joke eine reingelangt und ging zu Boden. Nach und nach verlor das Dorf Interesse an den Boxkämpfen. Das lag auch daran, dass der alte Ohling den dritten Infarkt bekam und elendig in einem Stoppelfeld verreckte.

Rolf verzieh das der Familie Behrens nie. Gab ihr die Schuld für das Ableben seines alten Herrn.

Umso mehr wunderte sich Tjarko über den ungebetenen Besuch an diesem Vormittag.

»Moin«, grüßte Rolf und schwang sich aus seinem Pick-up.

»Was willst du hier?«, fragte Tjarko mürrisch.

Ohling starrte ihn fragend an. »Ich habe gestern Klaas Bescheid gesagt ... aber kein Problem. Ich leih mir den Hochdruckreiniger aus. Mach du man weiter, was auch immer du tun musst.«

Tjarko stutzte und schüttelte energisch den Kopf.

»Weiß ich nichts von.«

»Stell dich nicht so an. Kriegst ihn nachher wieder. Meiner hat den Geist aufgegeben.«

»Kauf dir 'nen neuen.«

»Glaubst du, ich komme gerne zu dir? Ich brauch das Ding. Lass mich in den Stall und gut ist. Bin auch gleich wieder weg.«

Tjarko brummte. Nicht einen Fuß würde Ohling in seinen Kuhstall setzen. Wenn er den Bullen sah ... bald wüsste ganz Ostfriesland um das Tier. Rolf wusste genau, dass der Hof noch nie Bullen besessen hatte. Und wenn, wurden sie schon als Kalb an den Schlachter verscherbelt.

Auf dumme Nachfragen hatte Tjarko keine Lust.

»Sieh zu, dass du Land gewinnst«, grummelte er.

»Kannst mich mal.« Ohling sah ihn abfällig an und latschte zum Kuhstall.

Tjarko hastete keuchend hinter ihm her. Er musste den Kerl aufhalten. Die Notlösung war ein beherzter Tritt in Rolfs Waden. Der klatschte der Länge nach in den Matsch.

»Kannst du nicht aufpassen?«, fluchte er.

»Tut mir leid, Rolf. Bin auf Kuhscheiße ausgerutscht.«

»Scheiße. Mein Knöchel! Hab mir den gestaucht.«

»Das war keine Absicht«, erwiderte Tjarko und half ihm hoch.

»Nimm die Flossen weg! Ich schaff das allein.«

»Soll ich Klaas Bescheid sagen? Der kann dich zum Arzt fahren.«

Ohling humpelte stöhnend zu seinem Wagen. »Du bist und bleibst ein Arsch!«, maulte er.

Zum Abschied gab es für Ohling einen höflichen Stinkefinger. Glück gehabt. Den miesen Kerl war er erst einmal los. Von wegen Hochdruckreiniger. Ausspionieren wollte er ihn. Wartete nur darauf, das Tjarko weiße Flagge zeigte und den Hof aufgab.

Manchmal dachte Tjarko ernsthaft darüber nach. Auf seinem Konto herrschte gähnende Leere. Kein Wunder bei den Milchpreisen. Mit Schweinen war es ja auch nicht anders. Aber Ohling hatte auf Bio umgestellt. Biofleisch. Frisch aus Ostfriesland. Trotzdem waren seine Viecher vollgepumpt mit Antibiotika. Dafür zahlte der Arsch auch genug Kohle an das Veterinäramt. So lief das halt. Landwirtschaft war ein hartes Geschäft.

Und das kotzte ihn sowas von an.

Tjarkos Kühe waren glücklich. Ohne Zweifel. Bekamen gutes Futter und hatten einen alten, aber geräumigen Stall. Heutzutage waren hundertzwanzig Milchviecher ein Tropfen auf den heißen Stein. Auf den anderen Höfen errichteten seine Kollegen wahre Milchfabriken. Mit über dreihundert Kühen. Dafür hatte Tjarko weder Geld noch Lust.

Da kam ihm der Bulle wie gerufen. Von Zucht hatte er keine Peilung. Aber Tjarko wusste immerhin, dass diese Tiere gutes Geld einbringen konnten.

Sperma war heiß begehrt, besonders wenn es sich um ein solches Prachtexemplar handelte.

Woher der Bulle auch immer kam.

Der Koloss hatte noch nicht mal eine Ohrmarke. Praktisch ohne Personalausweis. Und solange niemand nachfragte, war er in seinem Besitz.

Er grinste zufrieden, warf noch einen Blick zum Stall hinüber und stampfte zurück in sein Haus. Es gab noch einiges zu erledigen.

Insgeheim freute sich Tjarko auf seine Schwester. Hatte sie lange nicht mehr gesehen. Und ein wenig Gesellschaft würde ihm guttun. Zudem reiste sie nach Jahren endlich mal ohne ihren bescheuerten Kerl an. Der stichelte gerne über die Landwirtschaft und fluchte über Fliegen in der Küche. Hockte scheinheilig grinsend am Küchentisch. Neben sich stets eine Packung Hygienetücher.

»Ich bin Allergiker«, sagte der Penner. Sprühte sogar den Klodeckel mit Desinfektionszeug ein, bevor er seinen feinen Hintern auf die Schüssel setzte.

Thorsten blieb nie lange. Suchte dämliche Ausreden und zerrte seine Schwester aus dem Haus. Nicole war dem Kerl vollkommen ergeben. Gab ihm einen flüchtigen Kuss und starrte ihren Bruder oft flehend an. Als ob sie ihm sagen wollte:»Hol mich hier raus!«

Allzu gut konnte sich Tjarko noch an den letzten Besuch erinnern. Er hatte dem Döskopf damals unmissverständlich klargemacht, was er von ihm hielt. Während Thorsten vor der Tür gestanden hatte, um eine zu rauchen, hatte Tjarko eine Totgeburt auf den Misthaufen geworfen. Sein pieseliger Schwager war leichenblass geworden und hatte das ganze Küchenfenster vollgekotzt. Tjarko hatte nur hämisch gegrinst und ihm die schleimige Nachgeburt vor die Füße geschmissen.

Danach war endlich Schluss mit nervigen Kurzbesuchen. Doch leider war Nicole seitdem nie wieder aufgekreuzt. Einmal im Monat rief sie an. Meistens dann, wenn Thorsten auf Geschäftsreise war. Oft konnte Tjarko nur lallen. Zimmerte ein paar dämliche Sätze durch den Hörer. Kein Wunder, dass Nicole sich Sorgen machte.

»Hör auf zu saufen«, flehte sie verzweifelt, während er die nächste Flasche Korn öffnete.

»Ja, ja«, versprach er.

Leichter gesagt als getan, Schwesterherz.

Er war Alkoholiker. Das war so unbestreitbar wie das Amen in der Kirche. Tjarko würde es niemals allein packen, vom Suff loszukommen. Er hatte ja sonst niemanden außer seiner Schwester. Die er bedingungslos liebte.

Sein Herz feierte Karneval und Silvester zusammen, als er erfuhr, dass sie sich von dem Kerl getrennt hatte.

Doch genug der Abschweifungen. Jetzt war Putzen angesagt.

Einer mehr im Haus

Regionalzug nach Ostfriesland. Eine ewig lange Fahrt. Ab Oldenburg hielt der Zug an jeder Milchkanne. Ein gelangweilter Schaffner kündigte im Zehn-Minuten-Takt wundersame Orte an. Bad Zwischenahn, Ocholt, Augustfehn. Doch niemand stieg aus, niemand stieg ein. Warum auch? Wo man hinsah, nur Felder und Kuhdörfer. In Leer stoppte der Zug für eine gefühlte Ewigkeit. Koppelte um und juckelte dieselbe Strecke wieder zurück. Einige Urlauber glotzten sich meistens panisch an in der Annahme, dass sie irgendwas verpasst hatten. Doch es ging weiter. Im Schneckentempo Richtung Nordsee.

Im Sommer waren die Abteile proppenvoll mit genervten Touristen, die dicht gedrängt in den Reihen saßen und die Sitze mit ihren Salamibrötchen vollkrümelten. Aber im Winter schien es, als ob eine Seuche ausgebrochen wäre. Der Zug war meistens wie leergefegt.

Nicole rieb sich den Hintern. Die Knochen schmerzten von der langen Fahrt. Sie erhaschte einen

Blick auf eine Reihe von Häusern. Verstaute ihr Buch und stemmte sich hoch.

»Falls es jemanden interessiert, der nächste Halt ist im wunderbaren Lummerland«, krächzte es aus dem Lautsprecher. Da hat ja jemand richtig Spaß am Beruf, dachte Nicole.

Ein älterer, kleiner Herr stand unbeholfen auf und versuchte, einen großen Koffer von der oberen Ablage zu zerren. Fast flehend blickte er Nicole an.

»Junge Frau, können Sie mir helfen?« Nicole lächelte und wuchtete das Gepäckstück herunter.

»Danke. Sie sind sehr freundlich«, sagte er.

Unangenehmer Geruch zog in ihre Nase. Seine Kleidung roch feucht und muffig. Ein dunkler, langer Lodenmantel hing ihm bis zu den Knöcheln. Sein hellblauer Pullover darunter war mit Flecken übersät. Ein einsamer alter Mann, dachte Nicole. Er wirkte wie eine verwelkte Primel. Die Haut aschfahl. Doch sein Blick war überraschend wach und stechend.

»Gerne. Ich kann Ihnen den auch raustragen«, sagte sie.

»Das geht schon. Kommen Sie von hier?«

»Nicht direkt aus Emden. Aber ich bin eine

waschechte Ostfriesin.«

»Und eine hübsche dazu«, erwiderte der alte Kerl und ergriff mit seinen kleinen Fingern ihre linke Hand. Wie ein Blitz fuhr eine unangenehme Kälte in Nicoles Körper.

»Das ... ist ein nettes Kompliment«, murmelte sie. Komplimente war Nicole gewohnt. Im Gegensatz zu Tjarko war sie nahezu perfekt. Lange, dunkelblonde Haare. Die großen rehbraunen Augen, das zarte runde Gesicht und die langen Beine hatte sie von ihrer Mutter geerbt. In der Schule hatte sie meistens einen Pulk nerviger Zahnspangenträger um sich. Wurde nahezu angehimmelt von denen. Liebesbriefchen, kleine Anerkennungen wie Kaugummi und Schokolade hatten sich auf ihrem Schreibtisch angehäuft. Besonders hartnäckige Kerle hatte Tjarko ordentlich vermöbelt. Das hatte ihm eine Menge Ärger und Stress eingebracht. Er war kurz davor gewesen, von der Schule zu fliegen. Ihr großer Bruder. Immer für sie da. Ohne Wenn und Aber.

Ihre schlanke Taille hielt sie mit Sport in Form. Für ihre siebenunddreissig Jahre hatte sie sich mehr als gut gehalten. Obwohl es Tage gab, an denen sie alles in sich hineinschaufelte, was der Kühlschrank hergab. »Sie haben einen guten Stoffwechsel«, hatte ihr Arzt einmal gesagt.

Der Herr nickte und grinste. »Sie wollen Ihre Familie besuchen, richtig?«

»Ja ... woher wissen Sie ...?«

»Ach, nach Ihrem Gepäck zu urteilen, soll es wohl etwas länger dauern.«

»Sie sind aber ganz schön neugierig.«

»Och, mein Mädchen.« Seine Finger griffen fester zu. »In meinem Alter lernt man die Menschen lesen. Ich beobachte Sie schon seit Bremen.«

Langsam wurde es ihr unangenehm. Mein Mädchen. Das letzte Mal hatte sie ihr Vater so genannt. »Das ... habe ich gar nicht bemerkt. Hören Sie ... ich bin wirklich sehr müde.«

»Ihr Bruder freut sich sicherlich.«

»Mein Bruder?« Nicole lächelte verkniffen. »Kennen Sie mich?«

Der Greis hielt sich mit einer Hand am Sitz fest.

»Ich weiß mehr über Sie, als Sie ahnen.« Seine andere Hand verweilte an ihrer linken.

»Na dann. Wenn Sie mich entschuldigen würden.

Ich muss gleich aussteigen.«

Der Zug wackelte und drosselte das Tempo. Regentropfen prasselten gegen die Scheiben. Das Licht im sonst leeren Abteil flackerte. Perfekt für eine gruselige Szene.

»Passen Sie auf sich auf, junge Frau«, sagte der alte Kerl.

Nicole hob die Augenbrauen. »Machen Sie sich da mal keine Sorgen.«

Er lachte kurz auf. »Na ja, Sie sollten sich eher Sorgen um Ihren Bruder und seinem Problemchen machen.«

»Woher wissen Sie ...?«

»Wie schon gesagt. Ich weiß vieles über Sie.«

Nicole wollte ihn so schnell wie möglich von der Pelle haben. In einem Zugabteil praktisch unmöglich. Nicole schauderte. Seine Hand fühlte sich wie ein kaltes Stück Fleisch an. Blutleer und leblos. Sie versuchte, höflich zu bleiben und lächelte. »Wenn Sie mich bitte loslassen würden.«

Der unheimliche Kauz rollte mit den Augen. Seine dürren, weißen Finger bohrten sich in ihre Haut.

»Hören Sie mir zu, mein Mädchen.«

Alter Mann hin oder her. Langsam hatte sie von

dem unheimlichen Zinnober die Nase voll. Sie zog ihre Hand aus dem Klammergriff. »Ich weiß wirklich nicht, was Sie von mir wollen.«

»Sie verstehen mich nicht. Fliehen Sie, solange es noch möglich ist«, murmelte er und packte Nicole am Unterarm. »Hüten Sie sich vor dem Tee!«, keifte er mit irrem Blick und grinste diabolisch.

»Bitte lassen Sie das! Sie tun mir weh!«

Der Kerl war irre. Total durcheinander. Mittlerweile umschlangen seine Finger ihren Arm wie ein Schraubstock. »Sie ... tun ... mir ... weh!« Nicole wurde schwindelig. Sie schloss die Augen und befreite sich von dem groben Griff der verrückten Gestalt. Und nur den Bruchteil einer Sekunde später plumpste sie in ihren Sitz und starrte verwirrt auf einen baumlangen, uniformierten Kerl, der ihr freundlich zunickte.

»Alles in Ordnung mit Ihnen?« Der Zugbegleiter lächelte sie besorgt an. Er setzte eine dicke Hornbrille auf und beugte sich zu ihr hinunter.

Nicole schaute sich entgeistert um. »Wo ist ...?«

»Wo ist wer?«

»Der alte Herr. Ich habe gerade ...«

»Sie sind seit Leer allein im Abteil. Hier ist

sonst niemand.«

Nicole rieb ihre schmerzende linke Hand. »Ich muss wohl geträumt haben.«

»Sie sehen aus, als ob Sie ein Gespenst gesehen hätten. Willkommen im Geisterzug nach Ostfriesland.«

Ihr war jetzt nicht nach schlechten Witzen zumute. Sie lächelte verkniffen und starrte an dem Schaffner vorbei. Verdammt. Vielleicht waren die letzten Tage zu viel für sie gewesen. Nicole seufzte und spürte die besorgten Blicke ihres Gegenüber.

»Die meisten Fahrgäste schlafen ab Leer immer ein. Ist ja auch eine langweilige Strecke«, sagte der Schaffner und nickte aufmunternd. »Ich fahre die seit zwanzig Jahren. Jeden Tag Emden-Bremen und wieder zurück. Acht Stunden am Stück. War mal vor Jahren Krankenpfleger. Der Rücken machte nicht mehr mit. Die haben mir 'ne Umschulung angedreht. Und nun latsche ich hier durch leere Abteile und sage Bahnhöfe an, an denen eh keine Sau aussteigt.« Er nahm seine Dienstmütze ab und strich sich über seinen kahl geschorenen Kopf. »Ich arbeite im Zug nach nirgendwo.«

»Das tut mir leid für Sie.«

»Kann ich mir auch nichts von kaufen«, murrte er und setzte sein schönstes Lächeln auf. »Dann einen schönen Aufenthalt in Emden. Wir sind in ein paar Minuten da.«

Der Zug drosselte sein Tempo und fuhr mit quietschenden Rädern in den Bahnhof ein. Nicole zog ihren Koffer zum Ausstieg. Von draußen strahlten grelle Lichter in den Waggon. Ihr wurde für einen Moment schwindelig. Nicole hielt sich an ihrem Koffer fest und taumelte zurück. Sie atmete tief ein und schauderte. Da war er wieder. Dieser leicht feucht-modrige Geruch aus dem Abteil. Übelkeit stieg in ihr hoch. Sie schluckte und presste mit spitzen Lippen die Luft aus den Lungen. Ruhig bleiben, Frau Behrens. Das war nur ein bescheuerter Traum. Mehr nicht.

Nicole musste hier dringend raus. Frische Luft schnappen, um einen klaren Kopf zu bekommen.

»Der Ausstieg ist in Fahrtrichtung rechts. Oder links. Egal. Sie werden es schon merken«, tönte es beinahe traurig aus dem Lautsprecher.

Ein Ruck ging durch den Zug. Endlich. Bloß raus

hier. Zitternd drückte Nicole einen grünen Knopf. Fast lautlos öffnete sich die Tür. Ein leichter Wind umschmeichelte ihr Gesicht. Kühl und salzig. Endlich angekommen.

In der kleinen Bahnhofshalle hockten drei Penner als Begrüßungskomitee auf den Sitzschalen. Lallten ein paar unverständliche Sätze und gafften Nicole auf ihre langen Beine. Sie zerrte ihren Koffer die letzten Stufen hinunter und keuchte. Tjarko wartete am Ausgang, seine Kapuze tief in das Gesicht gezogen.

»Hey«, sagte Nicole. »Kannst du mir mal helfen?«

Ihr Bruder kam lustlos auf seine Schwester zu, würdigte sie jedoch keines Blickes.

»Sag mal, was ist das denn für eine Begrüßung?«

»Moin«, brummte Tjarko.

Gefühle zeigen gehörte noch nie zu seinen Stärken.

»Du siehst furchtbar aus«, sagte sie und blickte ihren Bruder sorgenvoll an.

»War 'ne schwierige Zeit.«

Mit einem Finger strich Nicole sanft über seine Wange. Tjarko schluckte. In seinem Kopf nagte das schlechte Gewissen. Die Sache mit der Selbsthilfegruppe hatte er verkackt. Er hatte sein Versprechen gebrochen. Wie sollte er seiner Schwester jemals wieder in die Augen sehen können? Verdammt, er hatte sie vermisst. Eigentlich konnte er es kaum erwarten, sie in die Arme zu nehmen. Und nun stand er hier wie ein begossener Pudel und tat so, als ob ihm Nicole am Arsch vorbeigehen würde. Das hatte sie nicht verdient. Tjarko atmete tief ein. Er zögerte einen Moment.

»Hallo, großer Bruder«, sagte Nicole und sah ihm tief in die Augen.

Er wandte den Blick ab. Räusperte sich und schloss sie in die Arme. »Hast mir gefehlt«, hauchte er.

Nicole gab ihm einen flüchtigen Kuss und lächelte. »Lass uns von hier verschwinden. Das war eine furchtbare Fahrt.«

Ihr Bruder glotzte die verwahrlosten Kerle an, wie sie laut grölend ein paar Bierdosen öffneten. Scheiße, er hätte jetzt auch einen trinken können. Seit heute Mittag hatte er keinen Schluck mehr gehabt. Eine absolute Höchstleistung. Doch wie tief war er gesunken? Seine Schwester stand frierend vor ihm, und er machte sich Gedanken um den nächsten

Schluck Fusel.

»Komm her, ich nehm den Koffer«, murmelte er.

»Ist was, Tjarko?«

»Was soll sein? Alles in Ordnung«, erwiderte er und griff nach dem Gepäck.

Auf der Fahrt nach Buckbuhr sprachen die beiden kein Wort miteinander. Es war kein Schweigen der fehlenden Worte wegen. Tjarko redete nie, wenn er Auto fuhr. Und Nicole kannte ihren Bruder wie ihre Westentasche. Sie wusste genau, was dieser alte Griesgram brauchte. Und das war seine kleine Schwester. Am Bahnhof hatte er sie so fest an sich gedrückt wie seit Jahren nicht mehr.

Nicole blickte aus dem Fenster. Hinter Emden passierten sie die letzten Häuser. Am Horizont blinkten die Lichter der Windräder. Ein Fasan flatterte vom Straßenrand auf.

Wie sehr hatte sie diese Gegend vermisst. Obwohl nicht viel davon zu sehen war. Dichter Nebel verhüllte die unendlich lange Straße. Ihr Bruder drosselte das Tempo. Ein paar unerschütterliche Ostfriesen fischten gerade eine Boßelkugel aus einem

Graben. Nicole winkte ihnen freundlich zu.

Willkommen in der Heimat, dachte sie.

Regentropfen klebten an den Scheiben. Eine Reise ins Niemandsland. Doch bei diesem Gefühl, geradeaus zu fahren, ohne Gegenverkehr und hässliche Hochhäuser, überkam sie eine tiefe Ruhe. Von weitem die ersten spärlichen Lichter. Buckbuhr. Nicole lächelte. Früher, als sie jeden Tag nach Emden zum Gymnasium fahren musste, hatten sie ihre Mitschüler mitleidig angesehen. »Dass du da wohnen kannst«, sagten viele abschätzig. Irgendwie hatten sie Recht gehabt. Buckbuhr war ein Nest. Ein Kaff. Am Arsch der Welt. Mit einer löchrigen Hauptstraße, Kirche und einem alten Gemischtwarenladen. Am Ortsrand war vor einigen Jahren eine Neubausiedlung entstanden. Aus Emden zogen hauptsächlich Rentner auf das Dorf. Nicole hatte das nie verstanden. Hier gab es noch nicht mal einen Arzt. Für den musste man ein paar Kilometer nach Aurich fahren. Junge Familien bevorzugten Leer oder Aurich. Mit Spielplätzen in den Siedlungen und die Schule direkt vor der Haustür. Buckbuhr war tot. Nur wusste der Ort das nicht. Trotzdem genoss Nicole das wohlige Gefühl im

Bauch, als sie das Ortsschild passierten. Das Ankommen war auch eine Reise in ihre Vergangenheit. Obwohl diese oft nicht sonderlich glücklich gewesen war. Doch genau deshalb bestand ein unsichtbares Band zu ihrem Bruder. Und in Momenten wie diesem wurde das Nicole wieder bewusst.

Ihr Bruder sagte weiterhin kein Wort und lenkte den Wagen an der alten Gärtnerei vorbei. Bog über eine Seitenstraße auf den schmalen Feldweg ab, der zum Hof führte. Jeder andere wäre als Mitfahrer schreiend aus dem Wagen geflüchtet. Die Gegend hätte auch hervorragend in einen düsteren Thriller gepasst. Mit einem fiesen Serienmörder, der seine Opfer auf einen verlassenen Hof lockte. Um sie dann im Schuppen kopfüber aufzuhängen. Nicole schielte zu ihrem Bruder hinüber. Der hätte perfekt in dieses Szenario hineingepasst. Mit seinem zerfurchten Gesicht, den engstehenden Augen und den großen, rauen Händen, die sich wie Schraubstöcke um das Lenkrad krallten.

Aber Tjarko war ein guter Mensch. Dumm nur, dass das kaum einer wusste. Nach außen hin ein Muffkopf. Und im Inneren ein Schaf, das einsam im

Sturm am Deich graste.

»Wir sind da«, sagte er.

Der Mercedes fuhr in die Einfahrt. Im Kuhstall brannte noch Licht, und der Misthaufen dampfte still vor sich hin. Nicole seufzte.

Endlich zu Hause.

Tjarko stemmte sich gegen die alte Holztür. »Ich hab es gleich. Das Teil klemmt mal wieder«, schnaufte er.

Nicole hatte ihren Schirm aufgespannt und stand schlotternd im Regen. »Beeil dich, Toko. Ich frier' mir den Arsch ab.«

Toko. Tjarko hasste diesen Kosenamen. Nicole nannte ihn seit der Kindheit so. Er drückte eine Schulter gegen die Tür. »So. Komm rein«, sagte er.

Beißender Gestank wehte ihnen aus dem Korridor entgegen. »Was stinkt hier so?«, fragte Nicole und knipste das Licht an.

»Ich habe heute sauber gemacht.«

Nicole zog ihre pitschnasse Jacke aus. »Na ja, wegen mir hättest du das nicht machen müssen.«

Tjarko grinste innerlich. Wenn du wüsstest, dachte er. Seine Säuferbude war jetzt wenigstens wieder begehbar.»Ich mach 'nen Tee.«

»Du, ich habe einen Bärenhunger. Ich lade dich ein. Wir gehen schick im *Schwarzen Pferd* essen. Ich habe richtig Lust auf ein Steak.«

Er überlegte. Einkaufen. Genau das hatte er vergessen. Im Kühlschrank herrschte gähnende Leere. Und im Brotkasten schimmelte ein Rest Toastbrot einsam vor sich hin.

»Komm Toko, nur wir beide. Ist lange her.« Seine Schwester knuffte ihn in die Seite.

»Muss mich schnell umziehen«, brummelte er.

»Das heißt also Ja?«

»Jo. Bin gleich wieder da. Du kennst dich ja noch aus hier. Mach es dir gemütlich.«

Nicole schmunzelte. »Falls es dir entgangen ist: Ich bin hier aufgewachsen.«

»Mööööööööö!«, blökte es von draußen.

Tjarko äugte aus dem Fenster. »Ich geh mal kurz rüber. Hab das Tor nicht dicht.«

»Soll ich mitkommen? War schon lange nicht mehr bei den Kühen.«

»Morgen vielleicht. Bin gleich wieder da«, erwiderte er und hastete aus dem Haus.

Im Stall herrschte diese friedliche Atmosphäre, die Tjarko so liebte. Der Geruch von feuchtem Stroh erfüllte ihn mit einer wohligen Wärme. Das monotone Trommeln der Tropfen, die auf das Dach prasselten, verschmolz mit dem Schnauben seiner Tiere zu einer sanften Melodie. Er hielt kurz inne und lauschte. Hier war die Welt noch in Ordnung. Kühen war es egal, ob Tjarko mies gelaunt oder stinkbesoffen war. Sein Vieh kaute gemächlich am Futter. Einige dösten im Stroh. Dazwischen thronte der Bulle auf einem Heuhaufen und stierte den Landwirt gelangweilt an.

Tjarko stieg über die Eisenstangen und blieb vor dem gewaltigen Tier stehen. »Wo kommst du nur her?«, flüsterte er. »So ein Prachtvieh.«

Das Licht flackerte. Einmal, dann wieder. Wie aus heiterem Himmel Musik vom Melkstand. Sein altes Radio. Hatte Klaas mal wieder vergessen. Tjarko schwang zurück und latschte zur Melkanlage. Irgendein regionaler Sender. Klassische Musik. Kam ihm bekannt vor. Seine Mutter hatte den Klang von Geigen geliebt. Nichts für Tjarko. Er hörte lieber alte Schlager. In den Liedern war die Welt noch in

Ordnung. Roy Black fand er klasse. Egal, den Kerl kannte eh niemand mehr.

Genervt schaltete er das Radio aus. Mittlerweile hatte er einen Mordshunger. Ein Steak. Verdammt, wie lange war das wohl her? Sonst gab es abends nur Chips oder was vom Pizzaonkel. Ihm lief das Wasser im Mund zusammen. Tjarko wusste schon gar nicht mehr, wie so ein edles Stück Fleisch schmeckte.

»Gute Nacht, ihr Bälger«, sagte er und schloss das Tor.

»*Gute Nacht, Sohn*«, tönte es leise und ungehört zurück.

Das *Schwarze Pferd*.

Ein Gasthaus, wie es im Buche stand. Urige Einrichtung. Der Geruch eine Mischung aus kaltem Rauch, schalem Bier und gebratenem Fleisch. Ein ewig dudelnder Spielautomat. Speckiger Teppichboden, der seine besten Jahre längst hinter sich hatte. An der Wand billige Kupferstiche von Fischerbooten und Leuchttürmen.

Elfie Harms stand an der Theke und zapfte Bier. Ihr Outfit fügte sich wie ein Puzzleteil in die Kneipe ein. Rote, hochtoupierte Haare. Ein viel zu enges Kleid, dessen gewagter Ausschnitt dem Gast tiefe Einblicke gab. Ihr Gesicht gezeichnet von vielen Jahren Kneipenlicht. Mit einer dicken Schicht Makeup versuchte sie vergeblich, diese Spuren zu verbergen. Elfie liebte ihren Job. Trotz aller privaten Entbehrungen. Sie war für die Gäste Mutter, Freundin und oft auch Lebensberaterin in Personalunion. Und mit einem Schnaps auf Kosten des Hauses erntete sie hier und da nette Komplimente.

Tjarko saß hier oft allein an der Theke. Kippte schweigend einen Korn und verschwand wieder.

Umso größer war die Überraschung bei Elfie, als der Landwirt mit seiner Schwester in den Laden stapfte, sich mit ihr an einem Tisch niederließ und seine Bestellung aufgab.

Eine halbe Stunde später wackelte Elfie mit dem Essen heran. »So dann, für euch beide den Bauernteller«, trällerte sie und knallte zwei überdimensional große Teller auf den Tisch.

»Das sieht echt lecker aus«, bemerkte Nicole.

»Als Kalle hörte, dass ihr beide hier seid, hat er sich richtig ins Zeug gelegt«, antwortete Elfie lachend und nickte. »Lasst es euch schmecken.«

Nicole spießte ein fettiges Kartoffelstäbchen auf und schob es in den Mund. »Boah, was ist das geil«, schmatzte sie.

Tjarko starrte auf sein Essen. »Mm«, raunzte er.

»Hast du keinen Hunger?«

»Doch ... mein Magen macht Probleme. Sodbrennen.«

»Dann bestell dir einen Schnaps.«

»Nicole, ich trink nicht mehr.«

»Ach, Toko. Sorry. Das habe ich total vergessen.«

Nicole werkelte am Steak herum. »Du hältst noch eisern durch?«

»Klar. Warum fragst du?«

»Ach, egal. Nun hau mal rein. Das Ding ist saulecker.«

Tjarko stocherte in seinem Essen herum. Sein Herz schlug bis zum Hals. Und dieses verdammte Sodbrennen erreichte inzwischen die Stärke eines ausbrechenden Vulkans.

»Moin!«, tönte es von hinten.

Zwei Männer setzten sich an die Theke und bestellten ein Herrengedeck. Schnaps und Bier. Einer der beiden war ungemein winzig.

»Moin!«, grüßte Nicole. Dann beugte sie sich über

den Tisch. »Sag mal, ist das nicht Klaus Lüders?«

Tjarko drehte sich um. »Jo. Ich muss den jetzt nicht haben.«

»Ist der noch Besamer?«

Tjarko nickte grinsend.

»Wie viele Frauen hat er schon beglückt?«, fragte sie leise.

»Keine Ahnung. Zehn oder so. Man hört da so einige Geschichten. Nun ist er mit einer Tussi aus Wilhelmshaven zusammen. Die hat 'nen Reitstall.« Nicole prustete. Ein Stück Steak flog auf das weiße Tischtuch. »Oh Scheiße. Der lebt seinen Beruf ja richtig aus.«

Tjarko ließ sich zu einem Lächeln hinreißen. Klaus war der einzige Besamer im Umkreis, und jeder wusste um das Gerücht, dass er nicht nur mit Bullensperma jonglierte. »Na ja, er macht seinen Job jedenfalls gut.«

Nicole keuchte vor Lachen. »Jeder Stoß ein Treffer.«

»Is' gut jetzt«, brummte Tjarko. »Klaus guckt schon.«

»Moin Familie Behrens«, piepste Klaus.

»Moin«, grüßte Tjarko zurück.

»Geht es euch gut?«

»Oh Gott, was ist denn mit seiner Stimme passiert? Der klingt ja wie Micky Maus«, flüsterte Nicole.

»Der hatte 'nen schlimmen Unfall. Kuhtritt. Voll auf den Kehlkopf.«

»Ach du meine Güte. Armer Kerl.«

»Für seinen Job braucht er nur seinen Arm. Die Stimme ist da nicht so wichtig«, brummte Tjarko.

Nicole gackerte.

»Hallo Nicole.« Klaus erhob sein Bier und prostete ihr zu.

»Moin«, erwiderte sie leise und verzog das Gesicht.

Klaus lächelte breit und wandte sich wieder seinem Begleiter zu.

»Es scheint, du magst ihn immer noch nicht«, sagte Tjarko.

»Ich hasse ihn. In der Schule schrieb er mir immer Briefchen. Und nun iss, Bruder.«

Essen. Seit Tagen hatte er keine feste Nahrung mehr zu sich genommen. Tjarko seufzte leise. Mittlerweile schien der ganze Körper aus Sodbrennen zu bestehen.

»*Iss mich, du Kuhhirte!*«, zischte es vom Teller.

»Nicole, hast du was gesagt?«

»Wer? Ich? Nö«, schmatzte sie.

Tjarko schloss die Augen.

»*Hey, ich habe gesagt, du sollst mich essen!*«

Wieder diese Stimme. Vor ein paar Jahren hatte er schlimme Halluzinationen gehabt. Tjarko war damals auf die bescheuerte Idee gekommen, kalt zu entziehen. Hatte über zwei Tage auf dem Sofa gelegen und sich mit einer Teekanne unterhalten. Es half nichts. Er musste dringend etwas trinken.

»Stört es dich, wenn ich ein Bier bestelle?«, sagte er.

»Ein Bier? Spinnst du? Trink deine Cola und fang endlich an zu essen. Das Steak wird kalt.«

»Alkoholfrei natürlich«, murmelte Tjarko.

»Toko, du weißt, wie ich darüber denke.«

»*Hau dem Kuhficker Lüders da drüben eine rein*«, keifte sein Essen.

Tjarko schwitzte. Warnstufe rot. Entzug im Verzug. Verdammte Hacke. Bitte nicht jetzt. Seine linke Hand lenkte die Gabel zitternd zum Steak.

»*Steck sie rein*«, fauchte das Fleischstück.

Tjarko schielte zu Nicole, die mit ihrem Essen beschäftigt war. Ganz klar, sein Körper schrie nach Alkohol. Hastig schob er seinen Stuhl nach hinten und stand auf.

»Wo willst du hin?«, fragte seine Schwester.

»Ich muss mal pissen«, log Tjarko und schlurfte zur Theke. »Elfie«, flüsterte er.

»Kann ich was für dich tun?«, säuselte die Wirtin.

»Kannst du mir einen Korn zum Klo bringen?«

»Zum Klo?«

»Frag nicht. Mach es einfach. Bitte.«

»Wie du meinst«, antwortete sie kopfschüttelnd.

Nachdem Tjarko den Schnaps hinuntergekippt hatte, spürte er, wie seine Zellen den Alkohol gierig aufsogen. Nur ein Tropfen auf den heißen Stein, aber als Notfallmedikament reichte der Kurze vollkommen aus.

Er steckte sich ein Pfefferminz in den Mund und ging zurück zum Tisch.

»Alles gut?«, fragte Nicole besorgt.

»Jo. Danke. Nun habe ich aber richtig Schmacht.«

Wenn nicht wieder dieses dämliche Steak seinen Senf dazu geben würde.

»*Ja. Iss mich.*«

Dummerweise gesellten sich ein paar Fritten dazu. Robbten zum Fleisch hin und formierten sich zu einem Halbkreis.

Dicke Schweißperlen liefen über seine Glatze. Bloß nichts anmerken lassen.

»*Iss uns. Iss uns!*«, krakeelten die Fritten im Chor.

»Oh Mann!«, fluchte Tjarko.

»Toko, irgendwas stimmt mit dir nicht.« Mittlerweile hatten sich die Pommes untergehakt und tanzten um das Steak herum.

»Ich muss jetzt echt nach Hause«, stöhnte er.

»Du hast nicht einen Happen gegessen. Ich lass es von Elfie einpacken.«

»Ja, mach mal. Tut mir leid. Ich geh schon zum Wagen.«

Panisch verließ Tjarko die Kneipe. Es regnete wie aus Eimern. Mit hochgezogener Kapuze eilte er zum Auto. Irgendwo in der Kiste hatte er einen Flachmann deponiert. Notration. Und plapperndes Essen war auf jeden Fall ein Notfall. Ihm war alles egal. Scheiß drauf. Alkohol trinken war wie Atmen. Länger konnte er die Luft nicht anhalten. Lieber vor seiner Schwester das Gesicht verlieren als den Verstand. Er steckte seinen Kopf in den Wagen. Wo war das Zeug? Ein Alkoholiker witterte seine Beute. Erschnüffelte Schnaps aus hundert Metern Entfernung. Darauf konnte Tjarko sich verlassen.

Volltreffer! Eine Flasche lag im Fußraum hinter dem Beifahrersitz.

Nur für dich, wisperte es in seinem Kopf.

Wenn nur seine Finger nicht so zitterten. Tjarko hatte alle Mühe, den Flachmann zu packen. Ungeschickt wie er war, rutschte ihm die Flasche aus den Händen, fiel auf den Asphalt und zerbrach.

»Mist!«, fluchte er. Knallte die hintere Tür zu, ging um den Wagen herum und setzte sich schnaufend hinter das Lenkrad.

Der Kofferraum ging auf. Nicole warf eine Tüte hinein und schnupperte. »Hier stinkt es nach Alkohol.«

»Komm rein. Du wirst nass«, grummelte er. »Und pass auf. Da drüben ist alles voller Scherben.«

Nun wurde es Zeit, die Hosen herunterzulassen. Warum sollte er Nicole anlügen? Sie war seine Schwester. Das Einzige, was er auf dieser verdammten Welt noch hatte.

»Ich ... sauf wieder«, stotterte Tjarko.

Nicole seufzte und starrte aus dem Fenster.

Das war für Tjarko schlimmer als eine Standpauke.

»Seit wann?«, fragte sie schließlich.

»Ach, was weiß ich.«

»Toko ... ich ....«

Betretenes Schweigen.

Tjarko lenkte den Wagen durch Buckbuhr. Dann räusperte er sich. »Ich bin ein Versager. Auf voller Linie. Und weißt du was? Ich werde verrückt. Vorhin hat sogar das Steak mit mir geredet.«

Seine Schwester schmunzelte, doch dann entdeckte er ein paar kleine Tränchen, die auf ihrer Wange glänzten. »Das Zeug wird dich umbringen. Geh zum Arzt und lass dich in eine Klinik einweisen«, sagte sie trocken.

»Ich kann nicht, Nicole. Der Hof! Die Arbeit muss weiterlaufen.«

»Toko! Das hat Papa damals auch immer gesagt.«

Tjarko starrte wortlos nach vorne. Er drosselte das Tempo und bog in den schmalen Feldweg ein, der zu seinem Hof führte.

»Achtung!«, schrie Nicole.

Geistesgegenwärtig trat er auf die Bremse. Vor ihm stand ein Bulle und glotzte in den Wagen.

»Der ist wohl ausgebüxt«, sagte Nicole und schnaufte durch.

»Mm. Danke für die Warnung. Du solltest besser fahren.«

»Sieh mal lieber nach dem Tier«, erwiderte sie.

Murrend stieg er aus. Mein Gott, hatte er Schwein gehabt. Das Vieh hätte seine Kiste wie eine Blechdose zerdrücken können.

Der Bulle schnaubte.

»Ich kenn dich doch«, murmelte Tjarko.

Das muskulöse Tier drehte ihm als Antwort den Hintern zu.

»Toko, soll ich zum Hof fahren und den Hänger holen?«, rief Nicole aus dem Wagen.

»Gute Idee. Ich bleib hier und passe auf. Keine Ahnung, wem der gehört«, log er.

Nicole kurvte an ihm vorbei. »Bin gleich wieder da«, rief sie und winkte.

Von oben schiffte es immer heftiger. Wind peitschte Tjarko den Regen ins Gesicht. Inzwischen war er nass bis auf die Haut.

»Hey«, rief Tjarko. »Was für ein Drecksvieh bist Du? Hättest uns umbringen können.«

Der Bulle schnaufte.

»Hat Klaas dich freigelassen?«

Schweigen. Was sonst.

»Ach komm. Ein Steak hat mit mir geredet. Dann sag doch wenigstens was, nur ein Wort.«

»*Halt dein Maul*«, brummte es vor ihm.

Tjarko wusste genau, dass sein Hirn ihm einen Streich spielte. Er bräuchte jetzt nur einen Schluck Alk, dann wären alle Pegel wieder auf normal. »Ach, hör auf zu labern. Ich bilde mir das eh nur ein.«

Der Bulle drehte ihm den riesigen Kopf zu und öffnete das Maul. »*Wenn du meinst.*«

Tjarko torkelte nach hinten und fiel mit dem Hintern in den Matsch.

»*Na, kriegst du Schiss?*«, fragte der Bulle.

Der Landwirt lag in einer Pfütze und starrte fassungslos auf das plappernde Vieh.

»*Hast die Hosen voll. Dachte ich mir. Aber da kommt noch viel mehr, mein Junge.*«

»Was ... was meinst du damit?«, krächzte Tjarko.

Keine Antwort. Stattdessen kämpfte sich Nicole mit dem alten Mercedes samt Pferdehänger durch den Regen. Sie kurbelte das Seitenfenster herunter.

»Na, Cowboy. Wollen Sie mitfahren?«

Wie ein nasser Sack lag Tjarko im Schlamm und stierte sie entrückt an.

»Toko. Was ist los?«

»Halt dein Maul«, murmelte er.

»Hey. Was soll das?«

»Äh was?«

»Mich hier so blöd anzumachen!«

»Ich ... meinte nicht dich. Der Bulle ...«

»Du bist klitschnass. Lass uns das Vieh in den Hänger treiben und dann ab nach Hause.«

Schweigend stand er auf, stapfte zum Bullen und klatschte auf das muskulöse Hinterteil. Nicole hatte derweil den Hänger geöffnet. Sie pfiff einmal auf den Fingern. Brav trottete das Riesenvieh auf die Rampe.

»Gut erzogen ist er ja«, bemerkte Nicole. »Nun komm, Bruderherz. Ich mach dir gleich 'nen heißen Tee.«

Tjarko nickte und schloss den Hänger.

»*Saufnase!*«, schoss es durch seinen Kopf.

»Komm ins Auto, Toko.«

Tjarko blickte nervös zum Hänger. »Äh, was?«

»Es regnet, Bruderherz!«

Er zuckte mit den Schultern und glotzte an seiner

Schwester vorbei. Ein kleiner Wasserfall rann ihm von der Kapuze in das Gesicht.

»Nun mach schon ... ich bin hundemüde«, sagte Nicole ungeduldig und stieg in den Wagen.

»*Lass sie labern. Hau ab und kippe dir einen.*« *Diese dämlichen Stimmen.* Hört das denn nie auf?, fragte sich Tjarko. Doch irgendetwas hielt ihn fest. Ließ jeden Muskel an ihm erstarren.

»Ja, was denn nun? Rein mit dir.« Nicole drückte zweimal auf die Hupe.

»Kann mich nicht bewegen«, erwiderte er.

»Hör auf mit dem Scheiß. Ich hab keine Lust auf dumme Scherze!«

Tjarko schloss die Augen. Atmete tief die feuchte Luft ein. Hob schwerfällig einen Fuß und setzte ihn nach vorne. Sein Körper schien vollkommen außer Rand und Band. Rebellierte gegen seine eigene Vernunft. Hätte er mal den Schnaps bei Elfie nicht getrunken. Das Gesöff hatte das Fass zum Überlaufen gebracht. Nun stand er hier wie ein Ölgötze und machte sich zum Horst. Eine Marionette seiner Hirngespinste. Die ihm gerade unmissverständlich mitteilten, dass es an der Zeit war, den Arsch hochzukriegen.

»Ich muss dringend zum Arzt«, murmelte Tjarko und stieg ächzend in den Wagen.

THERAPIE

Ein neuer Tag brach an. In dieser Nacht hatte Tjarko nach Jahren wieder einmal wie jeder gewöhnliche Mensch in seinem eigenen Bett geschlafen. Verpennt öffnete er die Augen und riskierte einen Blick auf seinen Wecker. Halb fünf. Verdammt. Monate her, dass er so früh aufgestanden war. Aus dem Erdgeschoss kroch der Duft von frisch gekochtem Kaffee in seine Nase. Ächzend schälte sich Tjarko aus dem Bett und warf den alten Morgenmantel über. Schweren Schrittes quälte er sich die alte Holztreppe hinunter.

Die Küche war hell erleuchtet.

»Moin Bruder«, trällerte Nicole und schüttete dampfenden Kaffee in zwei Becher.

»Du bist schon wach?«

»Na, ich dachte, du gehst gleich melken. Ich konnte eh nicht mehr schlafen.«

»Mm, ja, melken. Stimmt«, log er. Nicole hatte ja keine Ahnung, dass Klaas ihm diese ungeliebte Arbeit schon seit Ewigkeiten abnahm.

»Wie war die Nacht?«, erkundigte er sich heiser und rieb seine Schläfen.

»Schon komisch, in meinem alten Bett zu schlafen. Die Decke roch etwas muffig.«

»Ach Scheiße. Heute ziehe ich dir neue Wäsche auf«, brummte Tjarko und setzte sich stöhnend an den Küchentisch.

»Ich rufe nachher mal den Tierarzt an. Vielleicht weiß der, wo der Bulle herkommt«, sagte Nicole.

»Münnings? Lass mal, ich übernehme das schon.«

»Wie du meinst. Mit dir alles in Ordnung?«

»Wieso?«

»Nun tu nicht so. Gestern habe ich mir echt Sorgen um dich gemacht. Toko, versprich mir eines und geh zum Hausarzt.«

»Mach ich«, antwortete er und versuchte so etwas wie ein Lächeln. »Ich zieh mich um. Die Kühe warten.«

»Willst du nichts essen?«, fragte Nicole.

»Später«, murmelte er und schlurfte aus der Küche.

So ein Mist. Hatte er doch glatt sein Vorhaben vergessen. Er hasste Arztpraxen. Allein bei dem Gedanken verging ihm der Appetit. Aber nachdem er gestern mit einem Steak kommuniziert und der Bulle sich sehr redselig gezeigt hatte, war wohl nicht mehr dran zu rütteln: Er brauchte Hilfe. Und zwar schnell.

Tjarko schluckte. Gerade jetzt hätte er einen kleinen Muntermacher gebrauchen können. Doch damit musste Schluss sein.

Ab heute begann ein neues Leben. Ohne Alkohol und plappernde Fleischstücke.

Glaubte er jedenfalls.

Der Parkplatz vor der Arztpraxis war um neun Uhr morgens bereits proppenvoll. Tjarko stellte seinen Wagen in ein absolutes Halteverbot und latschte ungeniert an einer Schlange Patienten vorbei, die pitschnass im Nieselregen warteten.

Eine junge Arzthelferin starrte auf einen Monitor. Ihre grün lackierten Fingernägel flogen über die Tastatur. Tjarko grüßte. Sie blickte Tjarko prüfend an.

»Kommen Sie mit Termin?«, fragte sie unfreundlich.

»Ich hab nicht viel Zeit. Muss nur kurz mit dem Doktor reden.«

»Das kann aber ein wenig dauern. Setzen Sie sich bitte solange ins Wartezimmer.«

»Sie haben da was an der Lippe«, bemerkte Tjarko.

»Äh, das ist mein Piercing«, antwortete sie pikiert.

»Sieht aus wie Herpes«, raunzte er und ging in den Warteraum.

Dort war es brechend voll. Genervt öffnete Tjarko die Tür daneben und lugte durch den Türspalt. Auch nicht besser. Aber ein paar Plätze waren noch frei. Husten und Schniefen vermischten sich mit Geschnatter über Pickel am Hintern oder Krebsgeschwüre. Eine Wolke diverser Körperausdünstungen wehte ihm entgegen. Schweiß, Urin und Furz.

Widerwillig ging er hinein und fläzte sich zwischen zwei dicke Frauen.

»Moin«, grüßte er.

»Moin«, kam es im Chor zurück.

Tjarko spürte förmlich die Abneigung einiger Leute im Raum. Vielleicht hätte er doch etwas anderes anziehen sollen. Arbeitshose und ein alter Pullover waren nicht gerade das passende Outfit für einen Termin.

Eine kleine, knubbelige Dame zu seiner Linken kramte eine Papiertüte heraus und brachte ihr Frühstück zum Vorschein.

Matjesbrötchen mit Zwiebeln.

Sie leckte über ihre wulstigen Lippen und zog Schnodder in ihrer Schweinsnase nach oben. Leichte Übelkeit stieg in Tjarko auf. Herzhaft biss sie in ihr Ostfriesensandwich und schmatzte. Fetttropfen perlten die Mundwinkel herunter.

»Also«, begann sie kauend. »Ich warte ja gerne hier.«

»Mm«, erwiderte Tjarko.

»Je früher man kommt, umso länger darf man warten.«

»Jo.«

»Kommen Sie öfter hierher?«

»Eher selten.«

Ein erneuter Biss in das fettige Brötchen. »Ich hab Magengeschwüre. Da braucht es ein leichtes Frühstück.«

»Aha.«

»Hat der Doktor mir zu geraten. Zudem ist das gut für die Verdauung. Fett macht den Magen sauber.«

»Tja.«

»Weicher Stuhl ...«, fuhr die Frau fort.

»Ja, ist ganz bequem hier«, raunzte Tjarko.

Oh Gott, wann riefen die endlich seinen Namen auf?

»Kennen Sie das, wenn einen Verstopfung plagt?«

»Meine Kühe haben das manchmal.«

»Ach, sind Sie Bauer?« Die dicke Frau musterte

seine Klamotten.

»Landwirt«, erwiderte Tjarko.

»Da hat man auch nie Feierabend, oder?«

»Nicht wirklich.«

»Ich finde, was Sie machen, ist wichtig für uns. Ohne Bauern kein Essen.« Na prima. Ihm war neu, dass Matjes auf Feldern wuchs.

»Herr Behrens, Sie müssen in das vordere Wartezimmer«, tönte es von der Anmeldung.

Tjarko nickte der Frau zu. »Schönen Stuhlgang noch«, brummte er und grinste die Arzthelferin an. »Das ist nett, dass Sie mich nicht so lange warten lassen.«

»Nein, nein. Sie saßen bei den Privatpatienten. Wenn Sie auf dem Flur Platz nehmen möchten?«, trällerte die junge Dame.

»Wissen Sie was, ich geh schon mal durch. Sie sagen dem Arzt Bescheid«, knurrte Tjarko und steuerte einen Behandlungsraum an.

»Das geht nicht. Sie müssen warten wie alle anderen.«

»Mir egal«, zischte er und setzte sich auf eine Untersuchungsliege.

Die junge Dame zuckte mit den Schultern und

wackelte schimpfend auf ihren Stöckelschuhen davon.

Tjarko glotzte auf ein EKG-Gerät. Da waren sie wieder. Diese blöden Ängste. Er wusste genau, warum Praxen ihn so nervös machten. Zum Arzt ging man, damit dieser eine schlimme Diagnose stellen konnte. Da waren die Kerle richtig heiß drauf. Nierenstau, Blasenkrebs, Lungenentzündung oder andere fiese Sachen.

Im Grunde wusste Tjarko ja ganz genau, woran er litt. Er war Säufer. Und hörte gelegentlich Stimmen. War doch nicht so dramatisch.

Was mach ich hier eigentlich?, schoss es ihm durch den Kopf.

Und während er noch überlegte, wie er sich am besten aus der Praxis stehlen könnte, schlurfte der alte Dr. Schwartau grinsend in den Behandlungsraum. Hatte sich trotz seiner siebzig Jahre kaum verändert. Sah immer noch wie ein Arzt aus. Halbglatze, Nickelbrille auf der Nasenspitze, leichter Bauchansatz und Stethoskop um den Hals. Und dieses Lächeln. Als ob er sagen wollte: »Du bist sowieso todkrank.«

Schwartau legte sein Hörrohr beiseite. »Ach Gott.

Tjarko. Dich habe ich seit Jahren hier nicht mehr gesehen. Das letzte Mal ...«

»Das letzte Mal lebte meine Mutter noch«, knurrte er.

Doktor Schwartau setzte sich an seinen Schreibtisch und sah ihn ernst an. »Ja ... deine Mutter. Wie geht's dir denn?«

»Beschissen.«

»Sonst wärst du ja nicht hier. Husten, Heiserkeit?«

»Nö. Ich habe gestern mit einem Steak gesprochen.«

Schwartau richtete seine Brille. »Aha. Mit oder ohne Kräuterbutter?«, frotzelte er.

»Kein Witz, Doktor. Ich ...«

»Entschuldigung. Das war unpassend von mir. Also, noch mal von vorne. Was ist los?«

»Weiß nicht, wo ich anfangen soll.«

»Tjarko. Du kannst mir alles erzählen.«

Das war es ja gerade. Eigentlich wollte er nicht. Doch nun musste er klare Kante zeigen. Schon allein für seine Schwester stand er in der Pflicht.

»Ich bin Säufer«, murmelte er.

Der Doktor lehnte sich zurück und wirkte nicht sonderlich überrascht. »Seit wann?«

»Gefühlt seit meiner Geburt.«

Kurzes Schweigen vom Arzt. Dann richtete er sich auf und kratzte sich an seinem bereits ergrauten Kopf. »Ich habe es befürchtet.«

»Warum?«

»Na, dein Vater«, erwiderte Schwartau.

»Was ist mit meinem Alten? Der ist nicht mehr da!«

»Seine Leber war kaputt.«

»Er hat sich umgebracht.«

»Weil er wusste, dass es zu Ende war.«

Tjarko nickte.

»Ich geh lieber. Sie haben noch genug zu tun.« Er stand auf und griff nach der Türklinke.

»Wie viel trinkst du am Tag?«, tönte es hinter ihm.

Er wandte sich um und blickte auf den Boden.

»Zwei bis drei Flaschen. Keine Ahnung.«

»Bier?«

Tjarko lachte auf und nahm wieder Platz. »Bier. Das ist wie Wasser für mich. Korn. Wodka. Mit vielen Umdrehungen.«

Der Doc seufzte. »Hast du heute schon getrunken?«

»Nö. Ich werde aber langsam nervös.«

»Siehst du Dinge, die nicht da sind?«

»Eher verwandeln die sich. Gestern tanzten meine

Pommes um ein Steak herum.«

»Mm«, brummte Schwartau.

»Werde ich verrückt?«

»Ich will mal ehrlich sein.« Der Doktor beugte sich nach vorne. »Das kommt von deiner Sauferei.«

»Ich weiß«, murmelte Tjarko.

»Dann machen wir Nägel mit Köpfen. Ich ruf in der Klinik an. Du musst in den Entzug.«

»Ich ... habe keine Zeit.«

»Wenn du so weiter machst, endest du wie dein Vater.«

Der Landwirt starrte auf Schwartaus Schreibtisch. Die Miniaturausgabe eines Bullen galoppierte aus dem Monitor, blieb stehen und ließ einen Fladen auf die Tischplatte plumpsen.

»Tjarko? Alles gut?«

»Was ist?«

»Warum starrst du so auf meinen Tisch? Siehst du Spinnen oder Ameisen?«

»Da hat ein Bulle auf Ihren Tisch geschissen.«

»Ein Delir. Ich ruf 'nen Krankenwagen.«

»Äh ... jetzt? Ich kann den Hof nicht allein lassen. Und meine Schwester ist zu Besuch gekommen.

Dann ist da noch ein entlaufener Bulle, der nicht sonderlich nett zu mir war.«

Schwartau stand auf und öffnete die Tür. »Katrin?« Sofort erschien die junge Arzthelferin. »Der gute Mann hier muss sofort nach Oldenburg ins Krankenhaus. Rufen Sie bitte einen Krankenwagen?«

»Ja, mach ich, Chef«, antwortete sie aufgeregt.

Tjarko erhob sich. »Ich geh wieder.«

Schwartau drückte ihn sanft zurück. »Tjarko. Damit ist nicht zu spaßen. Ich weise dich ein. Mach einen Entzug. Zwei Wochen. Und du lernst Methoden kennen, um trocken zu bleiben.«

Tjarko seufzte. »Kann ich meine Schwester anrufen?«

»Natürlich. Gut dass du gekommen bist. Ich habe deinen Vater nicht retten können, und ich will nicht, dass sich das wiederholt.«

Tjarko schwieg. Damals war der Doktor als Erster vor Ort gewesen. Nachdem sein bescheuerter Vater sich entschlossen hatte, seinem elenden Säuferleben selbst ein Ende zu setzen. Tjarkos Mutter fand ihn im Kälberstall. Aufgeknüpft an einem Seil. Schwartau konnte nichts mehr tun, außer ihn vom Balken zu schneiden.

Regungslos kauerte Tjarko auf der Pritsche. Er hatte zwei Möglichkeiten. Aufstehen, abhauen und weitersaufen, oder das erste Mal in seinem Leben auf den Rat eines Arztes hören. Er entschied sich für die zweite Variante. So konnte es nicht weitergehen. Zudem hatte er Nicole versprochen, sein kleines Problemchen anzupacken. Und ein Behrens hielt sein Wort. Egal, was da kommen mochte.

Zwei Stunden später saß er wie ein Häufchen Elend vor dem Stationsarzt und starrte auf den Alkoholtester.

»Sie haben knapp ein Promille«, stellte der Arzt fest.

»Kann nicht sein. Hab heute nichts getrunken.«

Der junge Doktor lächelte. »Das sagen alle.«

Klugscheißer, dachte Tjarko. Was ein Grünschnabel. War das hier ein Kindergarten? Kaum Haare am Sack und dann schon Arzt. Fehlte nur noch ein Schulranzen auf dem Rücken.

»Wie alt sind Sie?«, fragte Tjarko.

Der Möchtegerndoktor zupfte nervös an seinem weißen Kittel. »Wüsste nicht, was Sie das anginge.«

»Ich überlasse Ihnen mein Leben, Herr Doktor. Sie sehen noch so ... unerfahren aus.«

Und das war noch untertrieben. Der Typ hatte die Statur eines Fünfzehnjährigen. Die blonden Haare streng nach hinten gekämmt. Ein heller Flaum wuchs über seinen Lippen. Ein schleimiger Grünschnabel mit Pornobalken unter der Nase.

»Ich habe mehr Berufsjahre hinter mir, als Sie denken. Und im Gegensatz zu Ihnen schlucke ich nicht jeden Scheiß in mich hinein. Ich bin fit, und Sie sehen aus wie ein Zombie. Und das mit knapp vierzig.«

Wumms. Das hatte gesessen.

»Heben Sie mal die Hände, Herr Behrens.«

»Warum?«

»Fragen Sie nicht. Tun Sie es bitte.«

Gelangweilt folgte er der Aufforderung. Seine Hände zitterten wie Espenlaub.

»Sie haben einen ausgeprägten Tremor.«

»Reden Sie Deutsch mit mir.«

»Zittern. Ihre Hände zittern.«

»Ein Tatterich.«

»Bitte was?«, fragte der junge Arzt.

»Egal.«

»Sehen Sie manchmal Sachen, die nicht da sind?«

»Die nicht da sind? Hab ich meinem Hausarzt

schon erzählt. Ja. In der letzten Zeit öfter, als mir lieb ist. Der Knaller waren tanzende Pommes.«

»Aha.« Sein Gegenüber nahm die Brille ab. Was Ärzte halt so tun, wenn es interessant wurde. »Hören Sie Stimmen?«

»Manchmal.«

»Was sagen die denn so?«

»Was sollen die schon sagen? Moin und solche Sachen.«

»Tja«, murmelte der Arzt und überlegte kurz.

»Sind das böse oder gute Stimmen?«

»Keine Ahnung. Das Steak gestern war nicht so nett zu mir.«

»Steak?«

»Ich such mir das nicht aus. Seit gestern reden auch Tiere mit mir.«

»Tiere? Was für Tiere?«

»Ein Bulle.«

»Hühner auch?«

»Warum?«

»Sie sind Landwirt, deshalb frage ich.«

»Nein. Keine Hühner. Nur ein Bulle, ein Steak und Pommes.«

»Dann müssen Sie bei uns bleiben. Einen Entzug machen. Therapiegruppen, Suchtberatung. Das volle Programm.«

»Kann ich nicht 'ne Pille bekommen und wieder gehen?«

»Sie gehen nirgendwo hin. Und wenn, verpass ich Ihnen einen Unterbringungsbeschluss.«

»Einen was?«

»Sie bleiben zwangsweise hier. Keine nette Sache. Überlegen Sie es sich gut.«

»Einsperren? Ich bin doch nicht bekloppt!«

»Sie haben die Wahl.«

»Ich bin freiwillig hier.«

Der Doktor hielt ihm einen Bleistift vor die Nase.

»Was ist das?«

Tjarko hatte langsam die Faxen dick.

»Ein Ochsenpimmel.«

»Sie sind schwer psychotisch.«

Humorloser Kerl.

»Das wird mir echt zu bunt. Ich gehe«, raunzte Tjarko.

Der Stationsarzt griff zum Telefon. »Hier Möller. Schickt mir mal ein paar Leute von der Akutstation. Ich hab 'nen Patienten für euch.«

Tjarko stand kerzengerade auf. »Ich ... bleibe.«

»Wunderbar«, freute sich Möller und legte auf. Die Masche funktionierte immer bei Neulingen.

Die ersten Tage in Oldenburg waren die Hölle. Tjarko lag schlotternd in seinem Bett, bekam von Pflegern den Blutdruck gemessen und zwei graue Pillen verabreicht. Erinnerte ihn an den Kuhstall. War fast wie das tägliche Füttern der Kühe. Aber die Pillen halfen. Nahmen sein Zittern und dieses eklige Schwitzen.

Am zweiten Tag meckerte Tjarko eine Krankenschwester an. Stämmige Statur, strenger Pagenschnitt und resoluter Blick. Sie lächelte, als sie ihn bat, ein wenig Urin in einen Becher zu pullern.

»Wozu soll das gut sein?«, fragte er.

»Wir sehen nach, ob Sie Drogen genommen haben.«

»Ich bin doch kein Junkie!«, polterte Tjarko.

»Tut mir leid, das muss sein.«

»Na, dann geben Sie her. Ich strulle da rein und gut ist.«

Die Schwester grinste. »So läuft das nicht. Ich muss Ihnen dabei zusehen.«

Tjarko stutzte. »Was?«

»Sie beim Pinkeln beobachten.«

»Keine Chance. Niemand sieht mir beim Pissen zu.«

»Das ist die Regel. Nicht, dass Sie fremden Urin da reinkippen. Ohne Test keine Pillen mehr.«

»Das heißt, Sie wollen auf meinen Schwanz starren?«

»Ach, wissen Sie. Ich habe so viele Schwänze in meinem Leben gesehen. Also, Pipi oder ...«

»Oder was?«

»Oder wir legen Ihnen einen Katheter.«

»Einen Schlauch? Ich lasse mich nicht entjungfern!«

»Sie haben die Wahl.«

Tjarko überlegte, kroch aus seinem Bett und riss der Krankenschwester den Becher aus der Hand.

Nach drei Tagen stand Tjarko auf. Hatte Gummi in den Beinen und fühlte sich wie nach einer Bootstour bei Windstärke zehn. Zum ersten Mal erkundete er die Station. Eigentlich ganz gemütlich. Hatte eher was von Jugendherberge. In einem Raum saßen ein paar Kerle und kloppten Skat. Ärzte und Pfleger liefen in Privatklamotten herum. Nur ein dicker Schlüsselbund an der Hose unterschied sie von ihren Patienten.

Ein dicker Typ kam grinsend auf ihn zu. Reichte

ihm die Hand und schmetterte ein fröhliches »Moin, Herr Behrens.«

»Moin«, erwiderte Tjarko.

»Ich bin der Ergotherapeut, Herr Schneider. Wir haben gleich Meditation.« Herr Schneider fuhr sich durch die fettigen Haare. Der Kerl sah aus, als ob er seit Jahren kein Wasser mehr gesehen hätte. Leider roch er auch so. Er schob die Ärmel seines ausgeleierten Pullovers nach oben und blickte Tjarko auffordernd an. »Wird Zeit für die Therapie, Herr Behrens. Darum sind Sie ja hier.«

»Ich habe drei Tage in der Kiste gelegen. Da brauche ich sowas nicht.«

Schneider reichte ihm einen Zettel. »Für Sie.«

»Was soll ich damit?«

»Unser Therapieplan. Da steht alles drauf, was Sie machen müssen.«

»Müssen muss ich nichts.«

»Das ist Pflicht. Achtsamkeit, Naturgruppe, Musik und Beschäftigungstherapie. Sie brauchen Struktur.«

Tjarko knüllte den Zettel zusammen und warf ihn Herrn Schneider vor die Füße.

»Struktur? Ich bin Landwirt. Schufte den ganzen

Tag. Nur weil ich saufe, lass ich mich nicht in diese Psychoschiene packen.«

Gelangweilt latschte ein langhaariger Kerl aus der Dienstküche. Den Pulli mit Brötchenkrümeln übersät. »Gibt es Probleme?«, brummte er.

»Wer sind Sie denn?«, fragte Tjarko.

»Bin der Oberarzt hier. Also, wenn Sie nicht an den Therapien teilnehmen, können Sie auch wieder nach Hause gehen.«

»Ach. So ist das bei Ihnen. Na wunderbar. Vor ein paar Tagen wollten Sie mich noch in die Gummizelle stecken. Und nun drohen Sie mir mit Entlassung.«

»Aha, Ihnen ging es also nicht so gut?«

»Was weiß ich. Sie sind der Profi. Machen Sie mich gesund. Ich habe einen ganzen Hof zu versorgen.«

»Sie müssen noch viel lernen. Heute ist Gesprächsgruppe. Da sollten Sie sich öffnen.«

Ach du meine Güte, dachte Tjarko. Laberrunde. Bei Keksen und Tee über sein Problem reden. Am liebsten hätte er in diesem Moment das ganze Theater abgebrochen. Dann erinnerte er sich an Nicoles Worte und beschloss, lieber klein beizugeben.

Aber der dämliche Oberarsch ging ihm gehörig

auf die Eier. »Schon gut. Ich werde brav sein«, raunzte Tjarko und hob den zerknüllten Plan auf. »Entschuldigung.«

Der Oberarzt nickte und widmete sich wieder seinem Brötchen.

So vergingen die Tage. Mit Sport, Einzelgesprächen, Pillchen und abends zum Abschluss irgendwelche beknackten Laberrunden. Ansonsten zog sich Tjarko zurück. Die meisten kannten sich untereinander. Alte Säufer meistens. Er hatte keine Lust, auch nur in irgendeiner Form mit den Kerlen Kontakt aufzunehmen. Obwohl er nicht einen Deut besser war als sie.

Jeden Abend rief Nicole an. Zu Hause schien alles wie am Schnürchen zu laufen. Klaas kümmerte sich korrekt um den Hof. Die Anwesenheit des Bullen hatte sie, wie von Tjarko angewiesen, selbst dem Tierarzt verschwiegen. Zwei Kühe litten an Euterentzündung, eine hatte eine Fehlgeburt. Das Übliche.

Es lief also auch ohne ihn.

Beruhigend und beängstigend zugleich. Tjarko war ersetzbar. Doch musste er sich eingestehen, dass ihm der Hof in der letzten Zeit am Arsch vorbeiging. Damit sollte nun für immer Schluss sein. Alkohol? Nie wieder. Der erste Trippelschritt war gesetzt.

Komischerweise schlief Tjarko im Krankenhaus wie ein Baby. Die zweite Woche nutzte er für lange Spaziergänge. Meistens nach der Entspannungsgruppe. Die brünette Therapeutin war nicht übel. Einmal war er eingepennt und auf der Gymnastikmatte mit einem gewaltigen Ständer wieder aufgewacht. Wenigstens funktionierte das noch. Zum Glück hatte niemand was mitbekommen.

Nach zwei unendlich langen Wochen war es dann so weit. Das heilige Abschlussgespräch.

Der blutjunge Psychodoktor saß am Schreibtisch, glotzte auf den Monitor und wandte sich um.

»Und, wie geht es Ihnen, Herr Behrens?«

»Alles super. Das hat mir echt viel gebracht. Ich bin ein neuer Mensch«, sprudelte es aus Tjarko heraus.

»Das ist ja schön«, erwiderte der Arzt.

»Ist das, was Sie hören wollten, oder?«

»Sie sind wenigstens ehrlich. Aber denken Sie dran. Die wirkliche Arbeit, trocken zu bleiben, beginnt erst nach der Behandlung.«

»Amen«, murrte Tjarko.

»Eine Frage ... haben Sie noch Halluzinationen?«

Tjarko lachte auf. »Ach, das mit den Pommes?«

Der Arzt nickte. »Ja, das mit den Pommes. Sie erinnern sich. Kommt selten vor bei einem Delir.«

»Nö. Nix. Keine Spinnen, Kamele mit Strapsen oder Killerameisen im Bett. Alles super.«

»Na dann. Ein wohl einmaliges, psychotisches Erleben.«

»Sie sind der Doc«, erwiderte der Landwirt und erhob sich. »War's das?«

»Äh ... ja. Ich mache Ihre Papiere fertig.«

»Eine Frage hab' ich noch, Herr Doktor.«

»Nur zu.«

»Kann ich ein paar von den grauen Pillen mitbekommen?«

»Clomethiazol?«

»Keine Ahnung. Diese Zauberbohnen, die man mir in den Hals geworfen hat.«

Der Arzt schüttelte den Kopf. »Mm. Humor haben Sie ja.«

Tjarko hatte die Klinke schon in der Hand, als er den

Arzt noch einmal ansah. »Ist das normal, dass man in der Entspannungsgruppe einen Ständer bekommt?«

»Ständer? Ich versteh nicht.«

»Ach, schon gut. Grüßen Sie die Therapeutin von mir.«

Ankommen konnte durchaus schmerzhaft sein. Besonders, wenn man vierzehn Tage in einem Entzugsbunker verbracht hatte. Eine Käseglocke, ohne Alkohol. Abgeschottet von Raum und Zeit. Nicole holte ihren Bruder vor der Klinik ab und wollte noch ein paar Lebensmittel einkaufen. Und als Tjarko dann so hinter ihr her schlurfte, an den Regalen mit Schnaps und Wein vorbei, überkam ihn dieser unwiderstehliche Drang. Sich einfach eine Pulle schnappen, den Deckel aufdrehen und rein mit dem Zeug. Dieses warme Gefühl im Magen, wenn der Kopf sich leicht drehte und für einen Moment alles egal zu sein schien.

Adieu, treuer Suff.

Er schloss die Augen und nahm eine Tüte Gummibärchen von einem Grabbeltisch.

»Nervennahrung«, bemerkte er lächelnd.

Ankommen. Wieder da sein. Der Geruch des eigenen Zuhauses. Irgendwie anders nach zwei Wochen. Doch so vertraut. Nicole hatte ganze Arbeit geleistet. Die Fenster geputzt, einige Möbel entsorgt. Außerdem entdeckte er kleine weiße Zierdeckchen auf den Kommoden. Wie damals. Als seine Mutter noch lebte.

»Du hast aufgeräumt. Das ist mir echt peinlich«, sagte Tjarko und stellte den Koffer ab.

»Aufgeräumt ist gut. Drei Hänger voll mit Müll hab ich hier rausgeschafft. Ich hoffe, dein Saustall gehört der Vergangenheit an.«

»Versprochen«, murmelte ihr Bruder.

»Du ... ich habe da eine Sache.«

»Was?«

»Thorsten ist in Ostfriesland. Der kommt heute vorbei und will mit mir einiges besprechen.«

Tjarko riss die Augen auf und wurde knallrot im Gesicht. »Dieser Wichser betritt mein Haus nicht!«

»Toko. Reg dich nicht auf. Wir wollen nur die Scheidung klären.«

»Mir egal. In meinem Haus furzt der nicht auf die

Küchenbank.«

»Darf ich dich daran erinnern, dass es auch mein Haus ist?«

Tjarko sagte nichts und knurrte.

»Komm, Toko. Du kannst ja solange in den Stall gehen.«

»Von wegen. Ich hau' ihm eine in die Fresse.«

»Ich weiß, dass du deinen Schwager abgrundtief hasst. Aber wirklich, das Treffen ist wichtig.«

»Wann kommt der Penner?«

»In einer Stunde.«

»Na prima. Ich bin im Stall.« Wütend stampfte Tjarko aus dem Haus und knallte die Tür zu.

Tjarko hatte sich seinen Empfang anders vorgestellt. Mit Luftschlangen und einem Pappschild, auf dem »*Willkommen Bruder! Nie wieder Alkohol*« stand.

Nix davon.

Dafür hatte seine Schwester es doch glatt gewagt, ihren Kerl auf seinen Hof zu bitten. Egal. Arbeit ging vor. Nach zwei Wochen im schwarzen Loch fühlte es sich aber verdammt unwirklich an, den Kuhstall zu betreten. So wie der erste Tag in einer neuen Schulklasse.

»Das ist unser neuer Mitschüler. Seid nett zu ihm.«

Den Spruch musste er damals oft über sich ergehen lassen. Dreimal ist Tjarko in der Schule hängen geblieben. Statt ein paar pickliger Halbstarker starrten ihn nun seine Kühe an. Und pissten zur Begrüßung auf den Boden.

Was mache ich nur hier?, fragte sich Tjarko. Komischerweise vermisste er in diesem Moment sogar den fetten Ergotherapeuten. Irgendwie vermisste er alles an der Entzugsstation. Selbst die dämlichen

Gesprächsgruppen oder die Sitzgymnastik oder ...

Jäh wurde Tjarko aus seinen Gedanken gerissen.

Sein Hofhelfer kratzte sich den Hintern, sah danach nachdenklich seinen rechten Zeigefinger an und hielt ihn prüfend unter die Nase.

»Moin«, brummte Tjarko.

»Moin Tjarko. Alles gut?«, fragte Klaas und wischte sich den Finger an seinem fleckigen Shirt ab.

»Wie geht es dem Bullen?«

»Jungfrau Maria«, murmelte Klaas.

»Maria?«

»So heißt er jetzt.«

»Wem ist der Scheiß denn eingefallen?«

»Frag nicht.«

»Jungfrau Maria«, raunzte der Landwirt. »Wo ist er?«

»Ganz hinten. Der Kerl ist notgeil wie Nachbars Lumpi. Hat drei Kühe nahezu vergewaltigt«, grinste Klaas.

Maria war inzwischen separat untergebracht. Eine nette und warme Parzelle. Er lag im Stroh und tat das, was Bullen eben so taten, wenn sie keine Kühe besprangen. Er fraß.

»Ich hab mit dir noch 'ne Rechnung offen«, sagte Tjarko. Das Vieh gab keine Antwort. Zum Glück. »Hast mir zwei Wochen Irrenhaus eingebracht. Aber hey, mir geht es gut. Sollte dir lieber danken.«

»Mööö«, erwiderte der Bulle.

»Mehr hast du nicht zu sagen?«

»Das Viech muss hier weg«, brummte Klaas hinter ihm.

Tjarko zuckte mit den Schultern. »Wohin, wenn es keinen Besitzer gibt?«

»Verkauf ihn an den Schlachthof.«

»Schlachten ... na ja ... ich weiß nicht. Warum so eilig?«

Klaas stocherte mit einem Fuß im Stroh herum.

»Weil ich ihn nicht mag.«

»Vieh muss man nicht mögen. Vielleicht hat er gutes Sperma und eignet sich als Zuchtbulle.«

»Eventuell macht er sich auch gut als Filet. Sieh zu, Chef, dass er wegkommt. Bringt 'ne Menge Geld. Dann kannst du mir endlich meinen Lohn bezahlen.«

Sein Knecht rotzte auf den Boden.

»Du bekommst dein Geld. Versprochen. Der Bulle bleibt hier. Bisher scheint ihn niemand zu vermissen.«

»Bis das Monster weg ist, betrete ich den Stall

nicht mehr!«, platzte es aus Klaas heraus.

»Was brüllst du mich so an? Ich werde das Gefühl nicht los, dass du Angst vor dem Vieh hast.«

Und was er für eine Scheißangst hatte. Warum, konnte er sich nicht erklären. Aber wenn er sich dem Bullen auch nur einen Schritt näherte, überkam ihm ein ganz beschissenes Gefühl. Als ob das Tier seine Gedanken lesen könnte. »Nicole sagte, er hat mit dir geredet«, brummelte Klaas.

»Wer?«

»Der Bulle.«

Tjarko räusperte sich. »Ich hatte ein Delir.«

»Ist das ansteckend?«

»Nein, du Idiot. Ich war wirr im Kopf. Du weißt ja um mein Problem mit dem Alkohol. Warst ja selbst Säufer. Warum fragst du?«

»Schon gut. Schön, dass es dir besser geht. Und denk an meine Kohle.«

»Ja, ja. Ich bin bald wieder flüssig. Aber wenn du dich weigerst, dich um die Kühe zu kümmern, ist Ebbe in deiner Kasse angesagt.«

Klaas nickte.

Ebbe war schon lange auf seinem Konto. Im

Sommer hatte er ein Nickerchen seines besoffenen Chefs genutzt und sich im Haus ein wenig umgesehen. In einem alten Marmeladenglas hatte er ein Bündel Geldscheine gefunden. Die hatte er in die Brusttasche seines Overalls gesteckt und sich weiter auf Schatzsuche begeben. Außer Zigarettenasche in einer alten Teedose hatte er aber nichts Brauchbares mehr entdeckt.

Wenigstens hatte Klaas mit der Kohle seine wichtigsten Schulden bezahlen können.

»Kann ich hier noch was tun?«, fragte Tjarko.

»Nö, Chef. Kannst machen, was du willst. Ich bin hier fertig.«

»Wunderbar. Ich geh mal zu Nicole und verprügele ihren Kerl.«

Klaas blickte Tjarko fragend an und grinste verkniffen. Wie sollte er auch wissen, dass sein Chef es ernst meinte.

Auf dem Behrenshof stand ein nagelneuer BMW. So einer, den nur Idioten mit kleinen Schwänzen kauften. Viel zu niedrig und vollkommen ungeeignet für Ostfrieslands Straßen. Und in Hamburg ging der

Schlitten glatt als Zuhälterkutsche durch. Aber die Karre passte zu seinem geschniegelten Schwager wie die Faust aufs Auge. Der Kerl hatte Geld wie Heu. Und definitiv einen kleinen Pimmel. Er war Geschäftsführer von einem großen Unternehmen. Nicole hatte ihn damals in Hamburg kennengelernt, woran Tjarko nicht ganz unbeteiligt gewesen war. Er hatte ihr zu Weihnachten einen Gutschein fürs Musical inklusive Hotelübernachtung geschenkt. Nicole war vor Freude völlig aus dem Häuschen gewesen. Hatte ihre Freundin mitgenommen und war anschließend im nächtlichen Rausch mit Thorsten im Bett gelandet. Liebe auf den ersten Blick, sagte sie damals.

Tjarko hasste ihn von Beginn an wie die Pest. Immer fein angezogen. Edle Pullis und Designeranzug. Haare nach hinten gekämmt, solariumgebräunt. Ein schleimiger, ekliger Kerl.

Und dieser Bursche hockte jetzt in seiner Küche und verseuchte das Haus mit dem beißenden Gestank seines teuren Aftershave. Tjarko konnte das Zeug bis vor die Tür riechen. Wut stieg in ihm auf. Wie ein nächtliches Gewitter. Nicht aufzuhalten. Er ballte die

Fäuste und stürmte durch die Tür in seine Küche. Schnappte sich wortlos seinen dämlichen Schwager. Riss ihn hoch und drückte den piekfeinen Arsch an die Wand. Und ... haute ihm mit voller Wucht geradewegs auf das frischrasierte Maul.

Nicole brüllte laut:»Toko!«

Tjarko war in Rage, sah seinem Schwager voller Genugtuung in das blutige Gesicht und grunzte.

»Du Arsch«, jammerte Thorsten und hielt den Kopf nach hinten. Blut tropfte auf den frisch gebohnerten Küchenboden.

»Hau ab. Lass die Finger von Nicole. Oder ich bring dich um!«

Tjarko musste an diesem Tag wie ein irrer Mörder aus einem Ostfriesenkrimi ausgesehen haben. Mit seinen großen Pranken, die sich bedrohlich nach oben reckten. Das unrasierte Gesicht, der hochrote Kopf. Zudem überragte der Landwirt sein Gegenüber um mindestens eine Kopflänge.

Thorsten blickte zu ihm auf.»Das hat ein Nachspiel, mein Lieber. Ich mach dich fertig. Du dämlicher Kuhbauer.«

Tjarko ließ sich nicht zweimal bitten und rammte

eine Faust in den wohltrainierten Bauch seines Schwagers. Der krümmte sich zusammen und stöhnte. Nicole warf ihren Stuhl um und stellte sich schützend vor ihren zukünftigen Ex-Ehemann.

»Bist du total verrückt geworden?«, keifte sie.

»Ach, lasst mich in Ruhe. Und sieh zu, dass der Penner aus unserem Haus verschwindet.«

Thorsten schnappte sich eine Rolle Küchenpapier von der Küchenzeile und drückte sie an die blutende Nase.

»Schon gut. Lass uns alles woanders besprechen«, flüsterte er.

Tjarko stürmte die Treppe hoch und knallte seine Schlafzimmertür zu. Er brauchte jetzt dringend einen Schnaps. Scheiße. Er war trocken. Seit zwei Wochen. Aber nun musste es sein. Nur den einen. Hektisch blickte er sich um. Kramte in Schubladen, wühlte seinen gesamten Schrank durch. Nichts. Nicole hatte gründlich aufgeräumt. Eigentlich verstaute er hier immer seine Reserven.

»So eine Kacke!«, fluchte er.

»*Na, nichts zu saufen?*«, wisperte eine Stimme.

Der Landwirt schloss die Augen. Bitte nicht jetzt.

»*Sieh mal hinter der Kommode nach*«, flüsterte es in seinem Kopf.

Tjarko schwitzte wie eine Sau. Kalter Schweiß. Ein Entzug war doch jetzt nicht mehr möglich. Diese Stimme in seinem Kopf machte ihn furchtbar nervös.

»Vermeiden Sie Stress«, hieß es immer am Ende einer Gesprächsgruppe. »Das ist der Schlüssel zu einem trockenen Leben.«

Sehr lustig. Stress vermeiden. Wie denn? Wenn ausgerechnet am Tag seiner Heimkehr der beknackte Fremdstecher aus Hamburg auftauchte.

»*Kommode. Du brauchst es jetzt.*«

Wieder die Stimme.

»Oh Mann. Halt einfach deinen Mund«, fluchte Tjarko und setzte sich auf sein Bett.

Dann musterte er die Kommode. Vielleicht sollte er wenigstens einmal nachschauen …

Er reckte sich nach vorne und schob das Möbelstück zur Seite. Siehe da. Zwischen Staub und alten Brotresten lag ein Flachmann. Ungeöffnet. Wartete nur darauf, geköpft zu werden. Tjarko leckte sich die Lippen. Nur einen Schluck. Er vergaß die idiotische Stimme in seiner Birne, ging auf die Knie und griff nach der Flasche. Seine Hände zitterten. Noch schlimmer als am ersten Tag im Krankenhaus. Gierig drehte er die Flasche auf, umschloss den Flaschenhals mit seinen Lippen und legte den Kopf nach hinten.

»Toko!«‚schrie Nicole und stürmte in das Zimmer. Sie riss ihm die Flasche aus der Hand und sah ihn grimmig an.

»Ich ...«

»Du verfluchter Idiot. Was soll das?«

Tjarko sah hoch. Die letzten Sekunden waren wie Luft aus seinem Hirn geblasen. Weg.

»Nicole ...«

»Was ist?« Sie öffnete das Fenster und schleuderte die Flasche hinaus. »Willst du mich verarschen? Erst vertrimmst du Thorsten und dann säufst du wieder. Bist noch nicht mal einen halben Tag zu Hause.«

»Kommt nicht wieder vor. War alles zu viel. Ich wollte nur mal dran riechen.«

»Danach sah das aber nicht aus.«

»Hast Recht«, sagte Tjarko, stand auf und umarmte seine Schwester. »Ich schwöre dir, das kommt nie wieder vor.«

Nicole schob ihren Bruder von sich. »Hör mal. Ich weiß, dass es dir nicht gut geht. Thorsten wollte nichts Böses. Er überlässt mir sogar die Penthouse-Wohnung. Es ist aus.«

»Versprochen? Wenn nicht, bring ich ihn um.«

Umbringen. Aber vorher würde er Thorstens Eier mit Honig einschmieren und ihn nackt zwischen die Kühe werfen. Oder ihn in Norddeich mit Röckchen und Stöckelschuhen über die Strandpromenade jagen. Tausend schlimme Dinge würden ihn einfallen, dem Wichser eine gerechte Strafe zukommen zu lassen.

»Na ja, verdient hat er deine Botschaft«, murmelte seine Schwester.

Tjarko grinste und rieb sich die Fingerknöchel.

»Hat ein hartes Kinn, dein Ex.«

Nicole ging aus dem Zimmer und nickte ihm zu.

»Komm, Bruder. Ich habe Kuchen gebacken.«

»Mamas Sandkuchen?«

»Natürlich.«

»Mit Zuckerguss?«

»Sogar mit bunten Streuseln«, antwortete sie lachend.

Das ließ Tjarko sich nicht zweimal sagen. Er trottete seiner Schwester hinterher. Als er die Tür hinter sich zuzog, meinte er eine Stimme sagen zu hören: »*Braver Junge.*«

N icole stellte Tjarkos Wagen an der Straße ab. Ein Lächeln huschte über ihr Gesicht. In Buckbuhr schien die Zeit stehen geblieben zu sein. Die Kirchenglocke schlug zur vollen Stunde. Etwas weiter entfernt krähte ein Hahn. An der Ortsstraße reihten sich Häuser aus rotem Backstein aneinander. Gepflegte Vorgärten mit Gartenzwergen. Emsige Dorfbewohner kratzten trotz Schietwetter Unkraut von den Gehwegen. Hier hatte sich nichts verändert. Selbst am Haus gegenüber war ein Fenster noch mit Brettern vernagelt. Hier hausten Rotwurst und Leberwurst. Eigentlich hießen sie Helmut und Gerlinde. Doch ihre Spitznamen hatten sie nicht ohne Grund. Rotwurst war Metzger gewesen. Früher zerrte er zweimal im Jahr ein lebendes Schwein in den Vorgarten und schlachtete es vor den Augen spielender Kinder. Danach hing das tote Tier einen Tag lang direkt an der Hauptstraße und wurde dort von Frau Leberwurst fachmännisch zerlegt. Leberwurst lief gerne barfuß durch die

Gegend. Und stand beim Ausweiden des Tieres bis zu den Knöcheln in einer Lache aus Blut und Gedärm. Beim alljährlichen Straßenfest verkauften sie dann Bratwürste und selbstgemachte Blutwurst. Niemand im Dorf rührte das Zeug an. Lag vielleicht auch an den Fußnägeln, die sich wie Baumwurzeln um die Zehen von Frau Leberwurst wickelten. Nicole lachte kurz auf und spürte die missmutigen Blicke in ihrem Nacken. Kein Wunder. Ihr Outfit eignete sich nicht unbedingt für einen Einkauf in Buckbuhr. Hochhackige Schuhe, kurzer Rock und edler Mantel. Doch in ihrem alten Wollpulli und Jeans wollte sie nachher nicht durch Emden laufen. Schließlich gab es noch etwas zu erledigen.

Mit verklärtem Blick stand sie vor einem kleinen Laden. Ein verblasstes Schild hing über den Eingang: »*Nah und immer frisch; Heinz und Trudi Boekhoff*«. Hier gab es alles, von frischem Fleisch bis hin zu Damenbinden. Und das beste Hackfleisch weit und breit. Perfekt für ihr geplantes Abendessen. Tjarko hatte abgenommen. Der Kerl musste dringend wieder aufgepäppelt werden.

Sie öffnete die alte Holztür, die laut quietschte. Ein schrilles Klingeln kündigte ihren Besuch an. Nicole atmete tief ein. Eine kurze Zeitreise in ihre Kindheit. Der Duft von frischem Brot vermischte sich mit dem erdigen Geruch von Kartoffeln und süßlichem Deodorant. Braune Kacheln an den Wänden. Und Regale bis zur Decke. Vollgepackt mit allen Dingen, die man zum Leben brauchte.

Irritiert schaute sie auf einen Mann mittleren Alters. Schwarzes Haar und Vollbart.

»Guten Tag«, grüßte der Verkäufer.

»Moin«, erwiderte Nicole. »Sind Trudi und Heinz auch da?«

»Ich bin Hassan«, stellte er sich vor. »Habe den Laden seit zwei Monaten gepachtet.«

Hassan lächelte und präsentierte seine tadellosen Zähne. Mit seinen knapp fünfzig Jahren war er noch gut in Form. Die pechschwarzen Haare mit Gel nach hinten gekämmt. Am rechten Ohrläppchen funkelte ein Ohrstecker. Pure Lebensfreude lag in seinen Augen, um die sich kleine Lachfältchen verteilten. Markante Nase und darunter ein gepflegter Bart. Ein engeanliegendes, weißes Hemd spannte sich über seinem durchtrainierten Oberkörper.

»Wie die Zeit vergeht«, antwortete Nicole und reichte Hassan die Hand. »Ich bin Nicole Behrens. Bin hier aufgewachsen.«

»Die Schwester von Tjarko. Er hat viel von Ihnen erzählt.«

»Mein Bruder? Na ja. Hoffe, es war nur Gutes.«

Ein breites Grinsen zog sich über Hassans Gesicht, und er nickte. »Sie sehen mich so verwundert an. Haben hier bestimmt jemand anders erwartet?«.

Nicole bejahte.

»Nach der Sache im Sommer sind Trudi und ihr Mann in ein Altenheim gezogen.«

»Welche Sache?«

»Fragen Sie Ihren Bruder«, sagte Hassan. »Ich halte mich da raus.«

Die Tür ging auf. Eine ältere Frau mit Rollator kam herein. »Moin«, grüßte sie und blickte Nicole skeptisch an. »Ach, bist du nicht die Nicole vom Behrenshof?«

»Bin ich. Sie müssen entschuldigen, ich ...«

Im fortgeschrittenen Alter sahen alle irgendwie gleich aus. Dauerwelle, schwarz gefärbtes Haar. Spitze Wangenknochen, die Haut mit unzähligen

Altersflecken übersät. Zehn Tonnen Schminke im Gesicht. Dick aufgetragener Lippenstift hob ihre schmalen Lippen unnatürlich hervor. Der Rollator stützte das, was von ihr übrig geblieben war. Ein Knochengerüst, überspannt mit faltiger Haut.

»Ist ja auch lange her. Ich bin Hildegard, die Frau von Günther.«

Hildegard reichte ihr eine knochige Hand zu einem unerwartet festen Händedruck.

»Ach. Wie geht es Ihrem Mann?«, fragte Nicole.

Klar. Hildegard. Von allen im Dorf »Hilde« genannt. Gott, war die alt geworden. Wirkte wie ein Häufchen Elend. Früher war sie eine wahre Sportskanone gewesen. Über Jahre aktiv im Buckbuhrer Fußballverein. Sie hatte die Herrenmannschaft trainiert, weil kein Kerl mehr auf die Versagertruppe Lust hatte. Ihr größter Erfolg war ein Jahr später die Kreismeisterschaft gewesen. Danach wurde sie nur noch »Jupp Derwall« genannt. Den kannte heutzutage eh keiner mehr.

Hildegard stellte die Bremsen ihres Rollators fest und ließ sich auf der Sitzfläche nieder. »Der Günther ist schlimm krank. Herzanfall. Hat den Tod von unserem Theo nicht verkraftet.«

Theo? Welcher Theo?, dachte Nicole. Sie wollte aber nicht unhöflich wirken und seufzte:»Das tut mir aber leid.«

»Ich mag nicht dran denken.« Hildegard schlug die Hände vors Gesicht und schluchzte.

Hassan wieselte um den Tresen herum und legte ihr eine Hand auf die Schulter.

»Der Hassan ist ein lieber Kerl«, wisperte Hildegard.»Der versteht unser Dorf. Obwohl er Ausländer ist. Wo kommst du noch einmal her?«

»Iran, Hilde. Ich komm aus dem Iran«, erwiderte er.»Ihr Afrikaner seid gute Menschen.«

Hassan lächelte Nicole an und zuckte mit den Schultern. Erneut schwang die Tür auf.

»Moin Hassan. Moin Hilde«, trällerte Gisela.

»Ach, ist das nicht ...«

»Tjarkos Schwester«, sagte Nicole.

»Uhhuu. Das ist ja schön, dich mal wieder zu sehen.«

Gisela, die Vogelfrau. Wer kannte sie nicht? Hatte sich keinen Deut verändert in all den Jahren. Die Dauerwelle saß immer noch wie Beton auf ihrem hochroten Kopf. Und ihr üppiger Hintern war damals schon keine Augenweide.

»Hast du mein Futter bekommen?«, fragte Gisela.

Hassan nickte. »Natürlich.«

»Nicole, du musst wissen, dass der Hassan mein Futter extra aus dem Miran bestellt.«

»Iran«, verbesserte er.

»Meine Täubchen schwören drauf. Ganz aufgeregt sind sie dann. Ruckedigu, ruckedigu machen sie immer.«

Hassan drückte ihr zwei Kartons in die Hände. Gisela kicherte. »Wie immer auf Rechnung«, säuselte sie und verließ das Geschäft.

Hildegard tippte sich mit einem Finger an die Stirn. »Seit dem Vorfall ist sie noch verrückter geworden.«

»Ich weiß von nichts«, entgegnete Nicole.

Hassan drängte sich dazwischen. Er wirkte äußerst nervös. »Na dann. Was soll es denn sein, Frau Behrens?«

»Der Teufel war's!«, zischte Hildegard und hämmerte mit den Fäusten auf ihren Rollator ein.

»Ist ja schon gut, Hilde. Frau Behrens hat sicherlich wenig Zeit.«

Zeit hatte sie genug. Aber auch das dringende

Bedürfnis, schnell wieder aus diesem Laden herauszukommen.

»Zwei Kilo Hackfleisch«, sagte Nicole.

»Gerne.« Hassan ging zu seiner Kühltheke. »Buckbuhr ist verflucht«, keifte Hildegard. »Die armen Vögel. Und unser Theo. Alle tot.«

Hassan kam zurück und reichte Nicole einen Beutel. »Ich schreibe das auf die Rechnung«, sagte er und schob sie sanft, aber bestimmt Richtung Ausgang.

»Ihr werdet schon sehen! Die Pforten sind geöffnet«, zeterte Hildegard.

Hassan öffnete die Tür. »Schönen Tag noch, Frau Behrens. Sie müssen entschuldigen. Die Leute hier sind etwas ...«

»Unheimlich«, ergänzte Nicole und verabschiedete sich.

Hildegard grinste. »War ich gut?«

»Hast ein wenig zu dick aufgetragen«, murmelte Hassan.

Nicole stöhnte. Mein Gott, was war das denn gerade? In den letzten zwei Wochen hatte sie Buckbuhr gemieden. Fuhr zum Einkaufen in die Stadt. Es wären sonst nur unangenehme Nachfragen gekommen. Schließlich war der Behrenshof allen ein Begriff. Ihre Urahnen hatten den Grundstein für das Dorf gelegt. Es gab sogar einen kleinen Feldweg, der nach ihrem Ururgroßvater benannt war. »Onno-Johann-Weg«. Nach alten Überlieferungen hatte ihr Vorfahre einen ausgeprägten Buckel auf einer Schulter. Im Dorf war er nur als »der alte Buck« bekannt gewesen. In einer feucht-fröhlichen Nacht suchten die angesiedelten Landwirte nach einem Dorfnamen. Der alte Buck war stinkbesoffen gewesen und von seinem Stuhl gekippt. »Der olle Buckbauer mal wieder«, hatten die anderen abschätzend gelallt. So war der Name des Ortes geboren. Buckbuhr. Nicht gerade galant, aber durchaus kreativ. Nicole hielt die Geschichte jedoch für ein Ammenmärchen.

Beliebt war ihre Familie nie, was mit an ihrem Vater lag, dessen Hang zur Flasche sich rasend schnell herumsprach.

Sie wollte mit allen Mittel verhindern, dass Tjarko dasselbe Schicksal erlitt. Aber dafür war es wohl schon zu spät. So argwöhnisch, wie Hilde sie anstarrte.

Nicole verstaute den Einkauf im Kofferraum und verzog das Gesicht. Dieses Wetter ging ihr auf den Keks. Dauerregen und Nebel. Aber warum sollte es hier anders sein als in Hamburg? Nicole wusste nie genau, ob sie die Großstadt liebte oder hasste. Sie sehnte sich oft danach, einfach die Tür zu öffnen und mit dem Rad am Deich entlang zu fahren. Den Möwen zu lauschen, Rehe zu begrüßen oder nur über die Felder zu blicken. Das einzig Gute an Hamburg war, dass sich dort kein Mensch für jemanden interessierte. Vielleicht war das auch der Grund, warum Nicole ihrer Vergangenheit vor Jahren den Rücken gekehrt hatte.

Sie schielte auf ihre goldene, mit Diamanten besetzte Armbanduhr. Ein Geschenk von Thorsten. Aus glücklichen Tagen. Offensichtlich hatte er ihr die Uhr nur geschenkt, um sein schlechtes Gewissen zu beruhigen. Nicole hatte den Idioten vergöttert. Und der stieg mindestens einmal die Woche mit seiner Sekretärin in die Kiste. Wie konnte sie all die Jahre nur so gutgläubig sein?

Es war Zeit, einen endgültigen Schlussstrich zu ziehen.

Nicole kramte eine Visitenkarte aus dem Geldbeutel, die Thorsten ihr zugesteckt hatte. Hotel »Zum

Appelboom« in Emden. Sie lachte leise auf. Wenn das mal kein Zufall war. Vor langer Zeit hatten sie dort einige heiße Liebesnächte verbracht. Allein bei dem Gedanken daran bekam sie eine Gänsehaut. Heute würde sie den Kerl noch nicht mal mit einer Grillzange anfassen. Der Kinnhaken von Tjarko war eine Genugtuung gewesen. Warum reiste ihr der Spinner auch nach? Und kam direkt in das Wespennest? Er wusste doch, dass Tjarko ihn nicht mit einer herzlichen Umarmung und Teekuchen begrüßen würde. Lag ihm etwas an der Ehe? Nicole war das ziemlich egal. Sie war eine Behrens. Ihr Stolz ließ es nicht zu, ihrem Mann jemals zu verzeihen. Eine Behrens lässt sich von keinem verarschen. Niemals!

Klaus Lüders griff in den Wäschekorb und warf ein Bündel ungewaschener Socken auf den Boden. Roch an ein paar Unterhosen und ballerte sie in die Waschmaschine. Ein Schluck Weichspüler Marke Rosenduft dazu und auf sechzig Grad gestellt. Im Grunde genommen unnötig, da sich der Geruch nach Kuhstall förmlich in seine Kleidung eingebrannt hatte. Nun gut, das gehörte eben zu seinem Beruf.

Von seinem Job konnte er prima leben. Besamungs-
techniker. Da war man weder Fisch noch Fleisch.
Jonglierte mit Bullensperma und sorgte für gesunden
Nachwuchs in den Ställen. Aber Klaus wurde das
Gefühl nicht los, dass jeder einen großen Bogen
um ihn machte. Seit ein paar Monaten beglückte er
auch Schweine. Jedoch war Schweinezucht eher
rar in Ostfriesland.

Wenn Klaus allein auf Tour ging, besuchte er gerne
Tanzlokale. Hier waren wenigstens Frauen in seinem
Alter. Er stand meistens bei lauter Schlagermusik an
der Theke und wurde misstrauisch von den anderen
Gästen beobachtet. Nicht nur, weil er ein laufender
Meter war. Mit vierzehn hatte sein Körper spontan
das Wachstum eingestellt. In der Schule hatte man ihn
deswegen nur Rumpelstilzchen genannt.

»Ist das nicht der Besamer?«, hörte er sie aus allen
Ecken tuscheln. Als ob ihm das auf die Stirn
tätowiert war.

Klaus war in Ostfriesland bekannt wie ein bunter
Hund. Stand sogar schon einmal in der Zeitung. Er
dachte, wenn er anderen seinen Job erklärte, hätten
die Menschen mehr Verständnis für seinen Beruf.

Doch dem war nicht so. Nach dem Artikel wurde es nur noch schlimmer. Gerüchte machten schnell die Runde. Nicht nur in Buckbuhr, wo er sich, seit er denken konnte, nur geduldet fühlte. Er versuchte, das Getuschel zu ignorieren und war stolz auf das, was er tat.

Klaus hatte seit ein paar Monaten eine Beziehung. Seine erste Liebe. Glaubte er jedenfalls. Er hatte sie nach einem schlimmen Unfall während seiner Kur kennengelernt. Lisa besaß einen Reitstall. Und wurde damals hellhörig, als Klaus ihr erzählte, er würde im landwirtschaftlichen Gewerbe arbeiten. Beim ersten Date durfte er eine Pferdebox ausmisten. Der Besamer und die Reiterin. Genug Zündstoff für neues Gesabbel. Zum Glück wohnte Lisa in Wilhelmshaven. Weit genug weg von den ganzen Schnackern, die sich hinter seinem Rücken über seinen Job lustig machten. Inklusive seiner Kunden. Obwohl die von Klaus abhängig waren. Ohne Sperma keine Milch und kein Schlachtvieh. So einfach war das.

Klaus sah aus wie ein Fehltritt der Natur. Schütteres Haar, Knollennase und viel zu kurze

Arme. Eigentlich war alles an ihm unförmig. Als ob der liebe Gott besoffen gepuzzelt hätte. Die krummen Beine mit viel zu großen Füßen machten das Gesamtbild auch nicht besser. Aber seine zwergenhafte Größe machte ihn für seinen Job wie geschaffen. Er war sozusagen auf Augenhöhe mit dem Milchvieh. Die Kühe dankten es ihm mit wohligem Muhen, wenn er ihnen seinen kurzen Unterarm in den Hintern schob. Sanft und mit Gefühl. Die meisten Besamer ernteten oft ordentliche Tritte in diverse Körperteile. Klaus blieb nahezu unfallfrei. Bis zu dem Tag, an dem er unachtsam gewesen war. Er hatte schlecht geschlafen, und in einem Moment der Nachlässigkeit stand er zu dicht hinter einer Kuh, die mit den Hinterläufen ausholte. Ein harter Volltreffer auf seinen Kehlkopf. Klaus verdrehte die Augen und kam einige Tage später auf einer Intensivstation wieder zu sich.

Tja, als Erinnerung behielt er diese furchtbare Fistelstimme. Seine Freundin störte das nicht sonderlich. Ihn schon. Klaus verkroch sich meistens im Haus und führte Zwiegespräche mit Pucki. Pucki war sein geliebter Wellensittich, der auf einer

Fensterbank in der Küche sein Dasein fristete. Klaus liebte Pucki über alles. Der zwitscherte vergnügt, scherte sich nicht um den Job seines Herrchens und schiss gerne auf die Stühle, wenn Klaus ihn aus dem Käfig holte.

Das Telefon klingelte.

Klaus kickte die Waschmaschine zu und latschte in Unterhosen ins Wohnzimmer.

»Lüders«, quiekte er in den Hörer.

»Behrens hier.«

»Hallo Tjarko, hab dich gestern mit deiner hübschen Schwester gesehen.«

»Lass deine Spermagriffel von ihr«, antwortete Tjarko. »Ich hab mal 'ne Frage.«

»Ich habe heute frei«, bemerkte Klaus.

»Dauert nicht lange.«

»Schieß los.«

»Was kostet wohl ein Zuchtbulle?«

»Kann man nicht genau sagen. Sieh im Internet nach. Aber wenn der gutes Sperma hat ... dann bekommst du 'ne Menge Schotter für den. Oder willst du einen kaufen?«

»Mm.«

»Behrens, warum fragst du?«

»Ach, nur so.«

»Dann nerv mich nicht.«

»Arsch«, raunzte Tjarko und legte auf.

»Komischer Kauz«, murmelte Klaus.

Genau das war es.

Vor ein paar Wochen noch hatte Tjarko mit seiner Schwester über ihn getuschelt, und dann wurde mal wieder sein Rat gebraucht. Von wegen. Scheinheiliger Idiot, dieser Behrens. Heute hatte er frei und damit basta. Klaus ging zu seinem Vogel, spitzte die schmalen Lippen und schnalzte: »Kleiner Pucki. Komm zu Papa.«

Während der Besamer mit seinem Wellensittich kuschelte, tuckerte Klaas mit dem Hoftrecker durch den Kuhstall. Seit dieser dämliche Bulle hier weilte, überkam ihn ein gewisses Unbehagen, wenn er auch nur in die Nähe des Monstrums kam. Sein Chef zeigte kein Erbarmen. Er hatte ja grundlegend Recht. Angst vor Milchvieh. Was ein Blödsinn. Zudem konnte Klaas nichts anderes, als sich um die Viecher zu kümmern. Hatte die Schule abgebrochen und jobbte seit gefühlten zweihundert Jahren als Knecht in Kuhställen. Unterste Kaste in der Landwirtschaft. Aber ohne ihn lief nichts. Speziell nicht auf dem Behrenshof. Tjarko drückte sich vor der Arbeit. Verpennte immer öfter und stank meistens wie eine ungelüftete Kneipe. Klaas war selbst Säufer gewesen, aber schon seit langer Zeit trocken. Über zehn Jahre und stolzer Besitzer der goldenen Medaille von seiner Selbsthilfegruppe.

»Moin, Mädels«, sagte er und hüpfte vom Trecker. Er schielte zu dem Bullen hinüber, der, gut abgeschirmt von den anderen Kühen, ein paar Meter weiter im Heu lag. Er musste sich eingestehen, dass dieses Vieh prächtig gebaut war. Muskulös und mit einem unglaublichen Gehänge, das wie eine Kirchenglocke zwischen den Hinterbeinen baumelte. Er seufzte und latschte mit großen Schritten zu Jungfrau Maria. Bescheuerter Name. War Nicoles Idee gewesen. In der Zeit, als sein Chef im Irrenhaus Urlaub machte, hatte ihm die Arbeit wieder Spaß gemacht. Nicole packte mit an, melkte morgens die Kühe und war sich für die dreckigsten Arbeiten nicht zu schade. »Wenn Tjarko wieder da ist, musst du wieder ran«, sagte sie zu Klaas. »Der wird verrückt, wenn ich hier dazwischenfunke.«

Und so kam es auch. Kaum war sein Chef wieder am Start, kippte die Stimmung. Dieser alte Stinksack. Hätte gerne noch ein paar Wochen mehr im Krankenhaus verbringen können.

Egal, es gab etwas zu klären. Zwischen dem Bullen und ihm.

Klaas lehnte sich über die Eisenstangen. »Moin, Maria«, sagte er leise. »Denkst wohl, ich hätte wieder die Hosen voll? Nun ist Schluss damit.«

Jungfrau Maria stierte ihn an und muhte.

»Bist 'ne Stange Geld wert. Hast ja auch Klöten wie ein König. Deine Zeit hier ist abgelaufen. Der Chef ist pleite. Ihm bleibt nichts anderes übrig, als dich zu verkaufen.«

Draußen setzte wieder Regen ein. Tropfen so groß wie Walnüsse klatschten auf das Dach. Ein ohrenbetäubender Donnerschlag ließ Klaas erstarren.

»*Jasses*«, fluchte er.

Maria streckte die Zunge heraus und schleckte am Gitter.

»Wo in Gottes Namen kommst du nur her?«, murmelte Klaas.

Was tat er hier? Wieso ließ er sich auf einen Schnack mit einem dämlichen Bullen ein? Letzte Woche hatte Klaas einen furchtbaren Albtraum. Er lief mit blankem Hintern über den Hof. Hinter ihm galoppierte Jungfrau Maria mit Gummistiefeln über den Klauen. Klaas rannte wie ein Irrer und blieb in einem mannshohen Berg Kuhscheiße stecken. Maria stürmte auf ihn zu. Flammen schossen aus den Nüstern. Blöder Traum.

»Ich muss los. Und du kannst dich schon mal von deinen Weibern verabschieden«, raunzte Klaas und schlug mit der flachen Hand auf das Gitter.

»*Dummbatz*«, zischte eine Stimme. Dunkel und rau.

Klaas sah sich erschrocken um. Dann lachte er leise auf. »Sei nicht so ein Schisshase«, sagte er zu sich selbst. Klaas liebte billige Schundromane über einen Geisterjäger. Vielleicht ging nun die Fantasie mit ihm durch. Er sollte mal etwas anderes lesen. Was Anspruchsvolles. Anstatt sich jeden Tag Schauermärchen reinzuziehen. Die schienen seinem zarten Gemüt nicht gut zu bekommen.

Klaas nickte dem Bullen zu, der gelangweilt seinen Kopf in das Heu legte. Zeit für den wohlverdienten Feierabend.

Grelles Licht erhellte den spärlich beleuchteten Stall, gefolgt von einem lauten Krachen. Klaas hasste Gewitter. War mal bei einem Kreisligaspiel nur knapp einem Blitzschlag entkommen. Sein Trainer hatte nicht so viel Glück. Wollte gerade Klaas auswechseln. Und zack, lag der Kerl verkohlt an der Seitenlinie.

Besorgt lugte Klaas aus dem Stall. Der Hof hatte sich mittlerweile in einen ausgewachsenen Sumpf verwandelt. Unmöglich, hier trockenen Fußes herauszukommen.

Klaas beschloss, das Unwetter abzuwarten, fuhr den kleinen Trecker beiseite und stiefelte in den Melkstall. Hier war es wenigstens warm und windgeschützt. Er schaltete das Radio ein und machte es sich auf einem Strohballen gemütlich. Im Hintergrund verlas eine Sprecherin die regionalen Nachrichten: »Und nun eine Unwetterwarnung«, zwitscherte sie. »Landkreis Aurich erwartet schwere Gewitter mit starken Sturmböen bis Windstärke zehn.«

»Ach wat«, murmelte Klaas.

Wie bestellt kam Wind auf und peitschte Regen gegen die Fenster.

Rumms!

Ein ohrenbetäubender Knall. Das Neonlicht im Melkstall flackerte.

»Na prima«, murmelte der Hofhelfer, legte seinen Kopf in die Hände und schielte zum Fenster. Stockdunkel war es geworden. Der Sturm zwang die Bäume auf den Boden. Blätter wirbelten umher. Über ihm schepperte es.

Bestimmt das Dach vom Stall, dachte Klaas. Seit Wochen schon predigte er seinem Chef, dass es nicht mehr lange halten würde. Aus dem Sturm war mittlerweile ein ausgewachsener Orkan geworden. Markerschütterndes Heulen hallte durch den Stall. Die Kühe waren inzwischen völlig außer sich, drängten sich zusammen und muhten aufgeregt.

Kühe waren äußerst sensible Tiere. Ein zuverlässiges Barometer. Brachte aber Klaas jetzt nichts. Er saß mit über hundert Milchviechern und einem bekloppten Bullen namens Maria für einige Zeit fest. Wenigstens war genug Milch da. Klaas pulte eine Zigarette aus der Hosentasche. Scheiße. Kein Feuer, kein Rauchen.

Genervt schmiss er die Kippe auf den Boden.

Kawumms!

Wieder blitzte es.

Klaas zuckte zusammen. Riss die Augen auf. Glotzte nach vorne. Und pullerte in seine Hose, als zwei teuflische Augen ihn angafften und in seine Richtung schossen, begleitet von lautem Brüllen. Der Hofhelfer purzelte kreischend vom Strohballen. Riss verzweifelt die Arme nach oben. Erneut schoss grelles Licht in den Melkstand. Klaas kniff fest die Augen zusammen. Er zitterte am ganzen Körper. Der Boden vibrierte. Blitze zuckten durch das Fenster. Er riss die *Klüsen* wieder auf. Ein Monster, dachte er. Laut schnaubend und voller Wut.

Klaas strullte vor Angst nochmals in die Hose.

Tja, und das war auch das Letzte, was der Knecht in seinem bescheidenen Leben noch erledigen konnte.

Aus die Maus.

DER SITTICH

Dunkle, unheilverkündende Wolken hingen tief über dem Behrenshof. Unwetter waren zu dieser Jahreszeit nicht selten, doch erlebte Ostfriesland an diesem Tag den schlimmsten Orkan der letzten Jahre. Dächer wurden wie Papier weggefegt, unzählige Bäume kippten auf Straßen und verursachten ein riesiges Verkehrschaos. Die ersten Feuerwehren rückten aus, um vollgelaufene Keller auszupumpen.

Nicole spülte den letzten Teller ab und blickte aus dem Fenster. Vor ein paar Wochen noch hatte sie mit Thorsten in einem piekfeinen Restaurant gesessen, wo er ihr seinen Seitensprung gebeichtet hatte. Komischerweise hatte sie das nicht sonderlich überrascht. Ihr Mann war viel unterwegs. Geschäftsreisen und andere wichtige Termine. Die Ehe hatte schon vor einiger Zeit erste Risse gezeigt. Vor fünf Jahren hatten sie im großen Stil Hochzeit gefeiert, mit Thorstens Familie und Freunden. Nur ihr Bruder hatte durch Abwesenheit geglänzt. Drei Monate zuvor war ihre Mutter gestorben, und Tjarko war außer sich gewesen, als Nicole beschloss, die Hochzeit nicht abzusagen. Er schickte eine vergilbte Karte ohne persönliche Worte. Der Zehn-Euro-Schein, den er als Geschenk beigelegt hatte, war speckig und roch nach billigem Alkohol. Ihr Bruder hasste Thorsten. Abgrundtief. Möglicherweise hatte Tjarko gehofft, sie würde für immer auf dem alten Hof bleiben. Ihn bekochen und seine vollgepissten Unterhosen waschen. Nicole aber hatte noch so viel vor in ihrem Leben. Thorsten war galant, wohlhabend und verdammt gutaussehend. Der Prinz zum richtigen Zeitpunkt. Raus aus Ostfriesland. So sehr sie ihre Heimat auch liebte. Der Umzug nach Hamburg damals kam einer Befreiung gleich. Und nun war sie wieder hier. Bei ihren Wurzeln. Suchte Zuflucht an dem Ort, der sie damals beinahe erdrückt hatte.

Tjarko stürmte zur Tür herein. »Scheiß Wetter«, fluchte er. »Ach, du bist ja auch wieder da.«

»Ich war bei Thorsten.«

»Hast du dem Kerl wenigstens die Meinung gegeigt?«

Sie nickte.

»Keine Sorge. Er stimmt einer Scheidung zu.«

Bedrohliches Donnergrollen. Dann eine Salve gleißender Blitze.

Nicole zuckte zusammen. »Oh Mann. Das Wetter passt zum Tag«, sagte sie und lächelte säuerlich. »Ich muss nochmal nach draußen.«

»Toko, bei dem Wetter?«

»Gerade deshalb. Die Kühe flippen gerne aus bei so einem Gewitter. Und Klaas fährt Strohballen. Ich schick' ihn nach Hause.«

»Mach, was du willst«, erwiderte sie kopfschüttelnd.

Unbarmherzig peitschte der Regen dem Landwirt in das vernarbte Gesicht. Geduckt lief er über den Hof, als ein paar Meter weiter mehrere Blitze krachend kurz hintereinander einschlugen.

»Verdammte Scheiße«, fluchte er und legte einen Schritt zu. Hoffentlich nicht der Kuhstall.

Er kämpfte sich durch das Sauwetter, schob keuchend das schwere Tor auf. Der kleine Hoftrecker stand mitten im Stall.

Ohne den Knecht.

»Klaas?«, rief er und wartete ein paar Sekunden.

»Klaas?«

Keine Reaktion.

Die schmale Tür zum Melkstand stand offen. Das Radio dudelte. War bestimmt eingepennt, der Idiot. Sein alter Holztisch war umgekippt. Er stolperte über einen Strohballen und sein Blick richtete sich auf den Boden.

»Klaas?«, wiederholte er leise.

Tjarko schnaufte wie eine Dampflok. Von seiner Öljacke tropfte Wasser in die Stiefel. Die Luft roch verbrannt. Wie nach einem netten Grillabend, damals, als seine Mutter noch lebte. Vorsichtig machte er einen Schritt rückwärts. Kalter Schweiß rann ihm den Rücken hinunter in die Arschritze. Die Hände zitterten. Sein Mund war trocken.

Und dann torkelte der Landwirt zurück. Rang nach Luft. Drückte seinen massigen Körper an die Wand, hatte Angst, das Bewusstsein zu verlieren. Wer rechnete auch schon mit so einem Anblick? Mitten im Kuhstall, in der tiefsten Pampa Ostfrieslands ...

Klaus stopfte den letzten Apfelring in seinen Mund. Er liebte diese klebrigen Dinger. Voller Zucker und Chemie.

Pucki hatte er versorgt, die Wäsche baumelte an der Leine im Abstellraum. Ächzend fläzte er sich auf sein Sofa und machte ein Bier auf. Das Wetter war zum Mäusemelken. Seinen Sittich schien das nicht zu stören. Der trällerte vergnügt in seinem Käfig. Ein paar Worte konnte er auch sprechen. »Moin« und »Nöken« klappten schon recht gut. Klaus fand das witzig. Besonders, wenn jemand zu Besuch kam, der des Plattdeutschen nicht mächtig war.

Besuch bekam er aber selten.

Klaus schaltete seinen Laptop ein. Vielleicht hatte ja seine Freundin Zeit für ihn. Unter der Woche war ein kurzer Schnack über Internet die einzige Möglichkeit, sie mal zu Gesicht zu bekommen. Oft dachte Klaus darüber nach, ob Lisa nicht doch nur eine Affäre war. Aber woher sollte er das wissen? Hatte vorher noch nie eine Partnerin gehabt. Klaus war Jungfrau. Die Wochenenden, an denen er Lisa besuchte, verbrachte sie auf ihren Pferden, und er stand meistens in der Küche oder mistete die Pferdeställe aus. Wenn er an sie ran wollte, klagte sie über Kopfschmerzen.

Egal. Trotzdem hatte Klaus Sehnsucht nach ihr. Er klickte auf ein grünes Symbol. Der Monitor flimmerte kurz. Scheiß Internet.

»Nöken, Nöken«, krächzte Pucki aus der Küche.

Klaus lächelte, drehte sich um und bemerkte nicht, dass sich eine neue Seite im Netz geöffnet hatte.

Rote Buchstaben auf schwarzem Hintergrund:

»*Olga will dich.*«

Klaus glotzte wieder auf ein grünes Symbol und klickte es mit der Maus an.

Sekunden später ... sah Lisa irgendwie anders aus.

»Hallooooo, mein Süßääärrr«, säuselte eine leicht bekleidete Dame.

»Moin«, sagte Klaus irritiert.

»Was kann ich machäään?«

»Äh, ich habe mich wohl verwählt.«

»Hast scheeeenää Stimmäääää.«

»Was?«

»Scheeenää Stimmäääää«, quäkte Olga.

»Ich wollte Lisa sprechen.«

»Lisa? Ich bin Olga. Machää bessäärr als Lisa.«

»Gehen Sie bitte aus der Leitung. Das war wohl ein Versehen«, bat Klaus.

»Saagään alläää. Ich machään Dir Angeboooot.«

Olga zog blank und präsentierte melonengroße Brüste.

»Was soll das denn jetzt?«

»Wohäär kommst du?«

Na ja, so höflich sollte er schon sein.

»Ostfriesland«, erwiderte er.

»Woooo?«

»Ost ...fries ...land!«, blökte Klaus.

»Wo ist diesää Frieslaaand?«

»An der See. Aber nun beende ich das Gespräch ...«
Genervt klickte er auf Standby.

»Bittääää, du gebucht füüür zäähn Minutään.« Olga
war immer noch da und leckte sich über die Lippen.

»Nöken, Nöken«, plärrte Pucki und flatterte
ins Wohnzimmer.

»Pucki, wie kommst du denn ...«

Der Sittich verharrte wie ein Kolibri in der Luft.

Olga blökte: »Hast du zweitää Maaann? Kostäät
ääxtraaa.«

»Ach, sei still«, zischte Klaus, stand auf und
versuchte, seinen Sittich einzufangen.

Der drehte einen Looping und stürzte im Tiefflug
auf ihn zu.

Olga glotzte auf das leere Sofa. Ein paar Federn rieselten über den Bildschirm. Ihr Kunde keuchte, fluchte, torkelte einmal an der Kamera vorbei. Dann schien er nach etwas zu suchen. Im Hintergrund aufgeregtes Gezwitscher.

Klaus griff nach einer Fliegenklatsche. Was war nur mit seinem Sittich los? Der kreiste wie irre um ihn herum, schoss mit atemberaubender Geschwindigkeit auf ihn zu und zwickte ihn ins Ohr. Klaus wedelte mit der Klatsche durch die Luft. Vor Jahren hatte er mal Tennis auf einer Spielkonsole gezockt. Aufschlag: Klaus Lüders.

Er holte aus und visierte den irren Sittich an. Die Klatsche schoss zischend nach vorne und traf Pucki voll auf die Zwölf. Der Vogel klatschte gegen die Wand, klebte einen Moment an der weißen Tapete und plumpste auf den Boden.

Seit seinem Unfall mit der Kuh litt Klaus an einem üblen Ohrenrauschen und überhörte ein kurz gefluchtes »Arschloch«, das aus der Richtung des zermatschten Sittichs kam.

»Ich will Liebääää machäään«, quäkte Olga ungeduldig. Tatsächlich fand sie die Sondervorstellung ihres Kunden sehr unterhaltsam. Zudem war es leicht verdientes Geld, da Klaus über seine versehentlich gebuchte Zeit längst hinaus war. Und so holte sich Olga einen Kaffee, räkelte sich auf ihrem Sofa und beobachtete ihren Kunden, der laut heulend durch ihr Blickfeld rannte.

In Aurich hockte ein sichtlich genervter Beamter in der Notrufzentrale und schlürfte eine Tasse Tee.

Anruf. Mal wieder. Hannes Klaasen lehnte sich zurück. Vor einem Jahr hatte er den Außendienst quittiert. Mit knapp sechzig fühlte er sich einfach zu alt dafür. Doch die dämlichen Notrufe gingen ihm inzwischen auch gehörig auf den Zeiger. Hannes stöhnte, dehnte seine Hände und nahm den Anruf entgegen. »Polizei Aurich«, brummte er. Gelangweilt stopfte er sich einen Butterkeks in den Mund.

»Hier ... hier ist Lüders. Der Besamer«, quiekte Klaus.

»Was? Wer?« Hannes verschluckte sich am Keks und hustete.

»Egal, Sie müssen mir helfen.«

»Entschuldigung. Um was für ein Notfall handelt es sich?«

»Mein Vogel.«

»Kollege, das musst du mithören«, prustete der Polizist. Ein kurzes Rauschen. »So, nun nochmal von vorn.«

»Klaus Lüders, Besamer.«

Als Antwort wieherndes Gelächter.

Klaus war außer sich. »Das ist nicht lustig!«

»Ja und, um was für einen Notfall handelt es sich?«

»Mein Vogel.«

»Tut mir leid«, kicherte der Polizist. »Was ist denn mit Ihrem Vogel?«

»Der ist ...« Klaus schluchzte. »Der hat mich heute angegriffen.«

»Um was für einen ... Vogel handelt es sich denn?«

»Äh ... Sittich. Wellensittich.«

»Wollen Sie mich verarschen?«

»Nein. Bitte. Mein Pucki ...«

»Pucki?«

»Ja, mein Sittich.«

»Oh Jasses nee. Ich piss mir in die Hose«, japste Hannes. Klack.

Gespräch beendet.

Er drehte sich zu seinem Kollegen um, der Tränen

lachte. »Wieder Buckbuhr. Vorhin rief 'ne Oma an. Ihre Katze wäre in den heißen Backofen geklettert und hätte ihn von innen zugemacht.«

»Tja, dann schick am besten das Sonderkommando«, sagte sein Kollege grinsend.

»Geh nach Hause. Ich übernehme.«

»Ich habe das Buch voll mit solchen Meldungen. Alle aus demselben Dorf.«

»Ach.«

»Genau«, sagte Hannes. Er stand ächzend auf, zog die Hose über seine Wampe und zuckte mit den Schultern. »Soll ich jemanden zu diesem Vogelheini hinschicken?«

Sein Kollege winkte ab. »Bist du bescheuert? Mein Sohn hat Streifendienst. Der hat zwei Nächte nicht geschlafen. Mein Enkel bekommt Zähnchen.«

»Na, mach was du willst. Ich geh nach Hause«, erwiderte Hannes, trank den letzten Schluck Tee und verabschiedete sich.

Tjarko saß mit Nicole in der Küche und war fassungslos. Beide schwiegen, hielten einander die Hände und äugten nervös auf die Uhr. Es dauerte eine gefühlte Ewigkeit, bis Rettungswagen und Notarzt auf den Behrenshof einbogen. Tjarko bat Nicole, im Haus zu bleiben, und wies den Sanitätern den Weg in den Stall. Für Klaas konnte niemand mehr etwas tun. Eine junge Sanitäterin rannte vor den Stall und kotzte in den Misthaufen.

Der Hofhelfer lag mit seltsam verdrehten Gliedmaßen im Melkstall. Das Gesicht bis zur Unkenntlichkeit verbrannt.

»Tja, den hat es voll erwischt«, murmelte ein übermüdeter Notarzt. Er vermerkte *Todesursache: Blitzunfall* auf dem Totenschein. Eine halbe Stunde später hievte der Bestatter gemeinsam mit den Sanitätern die sterblichen Überreste in einen Zinksarg. Tjarko blickte nachdenklich auf den Leichenwagen. In geschwungenen Buchstaben prangte »*Henk Jensen - wir kümmern uns um den Rest*«

auf der Heckscheibe.

Henk, dieser alte Schlawiner, dachte Tjarko. Dumm wie Bohnenstroh, aber ein eigenes Unternehmen. Das Geschäft lief gut für Henk. Schließlich gab es genug alte Leute in der Umgebung. Gestorben wurde immer. Meistens aber ohne Blitzeinschlag.

»Sag mal, Tjarko«, sagte Henk und präsentierte seine Hasenzähne. »Hat Klaas eigentlich Angehörige?«

»Nö, Klaas hat niemanden.«

»Armer Kerl.«

»Jo. Und nun?«

»Ich ruf den Pastor an. Unter die Erde kommen sie ja alle. Irgendwie. «

»Nicht, dass ich den ganzen Scheiß bezahlen muss!«

Henk schüttelte den Kopf. »Keine Sorge. Das wird eine anonyme Beerdigung.«

»Eine was?«

»Ohne Sarg und großes Trara.« Henk schloss die Heckklappe.

»Ohne Sarg? Wollt ihr ihn so ins Grab schmeißen?«

»Urne. Er kommt in eine Urne, du Knallkopf.«

Tjarko lächelte verlegen. »Sorry, ich bin wohl etwas durcheinander.«

»Kein Problem. Ist ja auch 'ne üble Sache mit dem Kerl.« Henk spuckte einen Kaugummi auf den Boden.

»Der sieht aus wie eine verbrannte Bratwurst.« Tjarko schluckte laut.

»Na dann. Ich mach' dann mal los. Die nächste Kundschaft wartet schon«, sagte Henk und nickte.

»Na dann. Wir sehen uns«, brummte Tjarko.

»Das sollte man einem Bestatter niemals sagen«, grinste der Bestatter und stieg in seinen Wagen.

Schweigend saß Tjarko in seiner Küche und starrte aus dem Fenster. Mittlerweile hatte es aufgehört zu regnen. Helles Mondlicht lugte hier und da zwischen den Wolken hervor. Zitternd stellte Nicole ihrem Bruder einen Tee vor die Nase.

»Trink was«, flüsterte sie heiser.

Tjarko sagte nichts.

Sanft legte sie eine Hand auf die Schulter ihres Bruders. »Das ist so fürchterlich, Toko.«

Ja, das war fürchterlich. Schlimm. Eine Katastrophe. Er war aber komischerweise nicht sonderlich traurig über den Verlust seines Hofhelfers. Der Kerl war ein ungewaschener Idiot, der allerdings seit Jahren gute

Arbeit auf dem Hof geleistet hatte. Ohne ihn wäre er aufgeschmissen gewesen. Und gute Helfer waren rar in Ostfriesland. Klaas hatte wahrlich Pech gehabt. Der Blitz hatte direkt über dem Melkstand eingeschlagen. Tjarko stand auf und öffnete eine Vitrine. Er griff hinein und stutzte. Klar, total vergessen. Macht der Gewohnheit. Hier stand sonst immer eine Flasche Korn. Hätte er jetzt dringend gebraucht.

»Suchst du was?«, fragte Nicole.

»Nein, alles gut. Ich geh mal duschen«, murmelte er.

Ingo Janssen liebte seine Tiere über alles. Zwanzig gackernde Hühner sorgten für genügend gesunde Eier. Die meisten verkaufte er an die Nachbarschaft. Ingo hatte sich vor einem Jahr von seiner Frau getrennt und lebte nun allein in einem für ihn allein viel zu großen Haus am Ortsrand von Buckbuhr. Einmal in der Woche kam sein Enkelsohn zu Besuch. Die beiden saßen am Küchentisch, tranken Tee und fachsimpelten über Angelköder.

Ingo genoss seine Freiheiten als Junggeselle. Den ganzen Tag latschte er in einer ausgeleierten Jogginghose durch die Gegend. Rasieren und Duschen waren für ihn Fremdwörter. Sein Bauch war in den letzten Monaten um das Doppelte angewachsen. Niemand, der über sein Aussehen nörgelte. Herrlich. Doch manchmal wünschte er sich etwas mehr Leben in seiner Bude. Na ja, er hatte sein Federvieh. Das war auch der Grund gewesen, warum seine Alte das Weite gesucht hatte. »Die Viecher oder unsere Ehe!«, hatte sie ihm gedroht. Ingo entschied sich für die Tiere. Die waren neben dem Angeln seine Passion. Er ging sogar so weit, jedem Huhn einen Namen zu geben. Oft mit Adelstitel vornedran. Akribisch wurde von jedem Federvieh der Stammbaum notiert. Hühner waren dämlich, aber wenigstens ehrlich. Motzten nicht über sein schäbiges Aussehen und begrüßten ihn zu jeder Tageszeit mit einem fröhlichen Gackern.

An diesem wolkenverhangenen Nachmittag öffnete er die Tür des Holzverschlags, um neue Eier zu ernten.

»Moin, Kaiserin Sissi«, begrüßte er sein Lieblingshuhn und griff in das Legenest.

»Gock«, erwiderte Sissi und hob ihren Hintern vom Stroh.

»Oh. Zwei dicke Brummer«, freute sich Ingo und verstaute die Eier in der mitgebrachten Pappschachtel.

Sissi schlug aufgeregt mit den Flügeln.

»Der Papa nimmt dich nachher mit ins Haus. Dann können wir zusammen Fernsehen gucken.«

Ingo nahm Sissi gerne mit auf sein Sofa. Machte sich ein Bierchen auf und kraulte ihr zärtlich den Bauch.

»Ach, meine Süße. Hast du extra zwei Eier für mich gelegt. Komm mal her, mein Purzel«, flüsterte er und griff nach dem Huhn.

Kaiserin Sissi ließ die Tortur klaglos über sich ergehen.

»Plopp!«

Ingo stutzte. Er ging mit seinem Huhn auf dem Arm zum Gatter.

Dann wieder: »Plopp, Plopp.«

Verwirrt blickte er in das Gehege.

»Putt Putt Putt«, trällerte Ingo.

»Plopp Plopp Plopp«, kam als Antwort zurück.

Ingo kniff die Augen zusammen. Er öffnete das Tor, setzte Sissi behutsam auf den Boden und reckte seinen Hals. »Wo seid ihr kleinen Racker?«

Nichts.

»Huhu. Meine Damen. Ich habe Futter für euch.«

Dann ein schmatzendes Geräusch. Ingo zuckte zusammen. Ein Hühnerkopf flog in hohem Bogen vor seine Füße.

Marie Antoinette. Ingos zweitliebstes Huhn.

Kaiserin Sissi glotzte ihn dumm an und scharrte auf dem Boden herum. Gackerte einmal und ... explodierte. Innereien spritzten über Ingos Hose. Der schrie entsetzt auf. Ging einen Schritt vor und lugte hinter einen Baum, der mitten im Gehege stand.

»Oh mein Gott!«, schrie Ingo und warf sich der Länge nach auf den Boden. Sein Gesicht landete mitten im Gedärm von Fürstin Gracia Patricia.

»Nein!« Er heulte und ließ seiner Trauer ungehindert freien Lauf.

Herbert Huismann kärcherte gerade seine Terrasse und äugte über den Dichtzaun. »Ingo?«, brüllte er, aufgeschreckt von dem Gezeter seines Nachbarn.

Ingo plärrte wie ein Kleinkind.

Herbert schaltete den Hochdruckreiniger aus, quetschte sich durch einen Busch und latschte zum Hühnerstall. »Ach du heilige Scheiße«, murmelte er.

Ingo stand vor ihm, von Kopf bis Fuß mit dem Blut seiner Lieblinge besudelt.

»Was ist denn mit dir passiert?«, fragte Herbert.

»Meine Hühner«, stotterte sein Nachbar. »Alle ...«

Ingo verdrehte die Augen und fiel Herbert in die Arme.

Die Leser können sich schon denken, wie die Polizei auf Herberts Anruf reagierte. Aufgeregt betete er die erlauchte Namensliste der Hühner herunter, die ihm Ingo zitternd unter die Nase hielt.

»Sissi, Marie Antoinette, Gracia Patricia, Elizabeth, Beatrix ...«

»Na, das ist ja was«, sagte der Beamte und kicherte.

Ingo riss seinem Nachbarn das Telefon aus den Händen. »Mein Hahn ist der einzige Überlebende«, blökte er durch den Hörer. »Warum gerade der Hahn?«

»Und hat der auch einen Namen?«, fragte der Beamte.

»Kaiser Wilhelm«, schluchzte Ingo.

Der Polizist verschluckte sich vor Lachen an seinem Kaffee, legte auf und schrieb in sein Dienstbuch: »In Buckbuhr sind nur Verrückte.«

Lustlos kaute Tjarko auf seinem Hackbraten herum.

»Schmeckt es dir nicht?«, fragte Nicole.

»Ich krieg heute keinen Bissen runter.«

»Hab mir so eine Mühe gegeben. Das ist Mamas Rezept.«

Er zerteilte mit seiner Gabel ein Stück Hackbraten, schob die Stücke an den Tellerrand und lehnte sich nach hinten. »Hätte ich das gewusst, wäre ich im Krankenhaus geblieben.«

»Rede nicht so einen Schwachsinn, Toko. Sei froh, dass du wieder zu Hause bist«, erwiderte sie und schaufelte sich eine Ladung Kartoffelbrei auf ihren Teller.

Typisch meine Schwester, dachte er. Selbst wenn die Welt untergehen würde, würde sie sich noch Nachschlag holen.

Tjarko seufzte und starrte an ihr vorbei. In der Klinik war alles so weit weg gewesen. Seine Sorgen, sogar der beschissene Alkohol. Und nun holte ihn die Realität mehr ein, als ihm lieb gewesen war.

»Ich war heute im Dorfladen«, fuhr Nicole kauend fort.

»Ach.«

»Was ist mit Heinz und Trudi passiert?«

Tjarko stocherte in seinem Essen herum. »Nix. Warum fragst du?«

»Dieser ... Hassan hat ein paar Andeutungen gemacht. Und weißt du, wer dann reinkam?«

»Nö.«

»Hildegard.«

»Hildegard?« Tjarko blickte fragend.

»Die Frau von Günther. Was ist denn im Sommer so Schlimmes geschehen?«

»Was weiß denn ich?«

»Sei nicht so herzlos. Das mit Klaas geht dir ja auch nicht am Arsch vorbei«, sagte sie schmatzend.

Warum gab seine Schwester nur keine Ruhe. Ganz gewiss ging ihm der Tod vom Klaas nicht am Arsch vorbei. Er wurde fast wahnsinnig bei dem Gedanken, dass die ganze Arbeit nun an ihm hängenbleiben würde. Gerade jetzt. Er war erschöpft. Fühlte sich wie ein geschreddertes Küken. Verdammt, er brauchte noch ein paar Tage, um aus dem Quark zu kommen. Vielleicht sogar Wochen. Was dachte Nicole von ihm? Dass er wie ein frisch geborenes Kalb sofort auf die Beine kommen würde?

»Ich habe eine helfende Hand weniger. Das finde ich viel schlimmer«, raunzte er.

»Toko ... halt dich zurück, bitte.«

Ihr Bruder schlug mit der Faust auf den Tisch.

»Nenn mich nie wieder so.«

»Was ...?« Nicole schreckte zurück. Teller fielen krachend zu Boden.

Das Telefon klingelte. Tjarko stand auf und ging ran.

»Behrens.«

»Münnings hier.«

Der Tierarzt. Was wollte der Vollpfosten von ihm? Münnings war mit Tjarko in die Grundschule gegangen. Kam aus gutem Hause. Eltern und Geschwister waren alle studierte Leute. Er war den anderen immer eine Nasenlänge voraus. Ein schlaues Kerlchen. Obendrein mit sportlicher Statur, einem feschen Bürstenschnitt und verwegenem Dreitagebart. Münnings hatte weder Kinder noch Ehefrau. Im Dorf wurde gemunkelt, dass er auf Männer stehen würde. Tjarko war das herzlich egal. War ja seine Privatsache. Nicht egal war ihm, dass er eine Menge Schulden bei Münnings hatte. Im Sommer war Tjarko drauf und dran gewesen, ihn mit dem Trecker zu überfahren. Fokko Münnings joggte, mit Musik in den Ohren, ein paar Meter vor ihm über den Feldweg. Tjarko hatte Gas gegeben und steuerte, wie von einer fremden Macht gelenkt, auf Münnings zu. Viel hatte nicht mehr gefehlt. Zum Glück hatte er sich entschieden, dann doch lieber zu hupen.

»Moin Fokko«, raunzte Tjarko.

»Störe ich?«

»Hab Besuch.«

»Tut mir leid wegen Klaas.«

»Jo.«

Na prima. Welche Spatzen im Dorf hatten da wohl so flink gezwitschert?

»Ich will nicht lange stören. Ich rufe im Auftrag von Rolf an.«

Tjarko brummte. Ohling. Hatte wohl nicht den Schneid, selbst anzurufen. Dieser dämliche Schlappschwanz.

»Was will der Kerl von mir?«

»Nun hör erst einmal zu, du Sturkopf! Das mit Klaas ist eine schreckliche Sache. Er will dir seinen Knecht ausleihen.«

Tjarko schluckte laut.

»Tjarko, bist du noch dran?«

»Sag dem Arsch, ich komm' allein klar. Ich brauch' keine Almosen von ihm.«

»Du bist ein Stoffel, Behrens.«

»Du mich auch«, zischte Tjarko und knallte den Hörer auf.

»Toko, wer war das?«, fragte Nicole.

»Münnings.« Tjarko bemerkte, wie seine Hände leicht zitterten. »Ich muss nochmal los.«

Seine Schwester lugte aus der Küche. »Du hast noch Hackbraten.«

»Der schmeckt auch kalt.« Seine Kehle schnürte sich zusammen. Er musste was trinken. Sofort. Scheiß auf trocken bleiben.

»Ist alles in Ordnung?«, fragte Nicole besorgt.

»Ähm, ja. Heute Abend ist Treffen vom Bauernverband. Ich muss eben da hin«, log er.

»Gerade heute?«

»So sieht es aus. Wichtige Sachen. Ich geh mich frisch machen.«

Tjarko stiefelte die Treppe hinauf. Seine Speiseröhre brannte, der Magen brodelte wie ein Vulkan. Ein kleiner Magenbitter wäre nicht schlecht. Tjarko nahm zwei Stufen auf einmal, hechtete in das Obergeschoss. Knallte seine Zimmertür zu und warf sich auf sein Bett. Der Druck auf seinem persönlichen Alkomaten war kaum zu ertragen. Dumm nur, dass im Haus nicht ein Fitzel mehr zu saufen da war.

Du bist eine Flachpfeife!, keifte es in seinem Schädel.

Na prima. Als Sahnehäubchen tauchten jetzt auch noch die Stimmen auf. Es gab nur zwei Möglichkeiten. Entweder zurück in das Irrenhaus oder Schluck kaufen. Auf Irrenhaus hatte er keinen Bock mehr.

Er raffte sich auf und schlurfte wieder nach unten.

»Mit dir ist doch was, Toko.« Nicole räumte gerade die Teller zusammen.

»Nein. Alles gut.«

Lüg sie nicht an!, raunzte der kleine Mann im Ohr.

Tjarko sah sich suchend um. »Wo sind die Autoschlüssel?«

»In meiner Handtasche. Ich kann dich gerne fahren, wenn du willst.«

Er kramte den Schlüsselbund aus der Tasche und verharrte einen Moment.

»Das Angebot steht«, sagte Nicole und lehnte sich an die Küchentür. »Ich kann ja mal kurz mit reinschauen. Habe deine Kollegen lange nicht mehr gesehen.«

Na, das war klar, dachte er. Sie roch bestimmt Lunte. Ein Kindermädchen konnte er nicht gebrauchen. Ihm war alles egal. Schlechtes Gewissen hin oder her. Er musste nur raus. Und wusste genau, wohin der Weg ihn führen würde. Er warf seine Jacke über, ging entschlossenen Schrittes zur Tür und spürte Nicoles besorgte Blicke in seinem Nacken.

»Fahr vorsichtig«, warf sie ihm hinterher.

»Klar«, sagte er, ging zurück und drückte ihr einen Kuss auf die Wange.

Zum Glück war ein Kiosk in Ludwigsdorf noch geöffnet. Zwei Flachmänner landeten in seiner Tasche, und leicht beschämt stieg Tjarko in den Wagen. Zitternd öffnete er die erste Flasche und nahm einen großen Schluck. Widerlich ölig und ein Geschmack wie Bleichmittel. Aber Hauptsache Alk. Was zählte, war der Moment. Da dachte man nicht über Konsequenzen nach. Es gab immer einen Grund. Besonders für einen Säufer wie ihn. Die Sache mit Klaas hatte ihn gewaltig umgehauen. Eigentlich mochte er den Kerl. Hatte es ihm nie gezeigt. Vielleicht auch, weil Klaas so war wie er. Als Tjarko ihn eingestellt hatte, wusste er um das Alkoholproblem seines Hofhelfers. Klaas war schon am ersten Tag mit der Tür ins Haus gefallen. »Eines musst du wissen«, hatte er damals gesagt. »Ich bin trockener Alkoholiker.«

Tjarko lauschte dem Regen, der auf das Autodach pladderte. Schloss die Augen und grinste. »Prost, alter Junge. Hat dich der Blitz beim Kacken getroffen«, brummte er und kippte den Schnaps hastig in seine geschundene Kehle.

BULLENREITEN

Thorsten stopfte seine Klamotten in den Koffer. Nach der Menge zu urteilen, hatte er sich auf einen längeren Aufenthalt in Ostfriesland eingestellt. Nichts davon. Nicole hatte es ihm gnadenlos klargemacht: Es gab keinen Neuanfang. Nie wieder. Er hatte es verbockt. Auf der ganzen Linie. Thorsten hatte extra geduscht und sich einen Stringtanga angezogen. Ein Überbleibsel aus alten Swingerclub-Zeiten. Als Nicole klopfte, räkelte er sich mit zwei Gläsern Champagner auf dem riesigen Bett. Und das, obwohl er keinen Alkohol mochte. Seine Rechnung ging voll in die Hose. Ein totaler Reinfall. Nicole brüllte ihn an, was für ein mieses Arschloch er wäre und schleuderte ihm den Ehering vor die Füße.

Auf dem Weg nach draußen blieb er im Foyer des Hotels stehen. Vielleicht sollte er zu Nicole fahren, um sich für sein dämliches Verhalten von vorhin zu entschuldigen. Mittel zum Selbstzweck. Dummerweise hatte Nicole vor der Heirat einen Ehevertrag ausgehandelt. Im Fall einer Scheidung müsste er sie ausbezahlen. Darauf hatte Thorsten keine Lust. Zudem wartete sein versoffener Schwager nur auf eine neue Gelegenheit, ihm die Fresse zu bügeln. Sollte die dumme Kuh doch bei ihrem Bruder versauern. Da draußen warteten noch genug Frauen auf ihn. Er sah nicht übel aus, hatte Geld und fuhr einen dicken Schlitten.

Der Portier grinste breit. »Kann ich Ihnen helfen?«

»Ja, ich ...«

»Geht es Ihnen nicht gut?«

»Nein, nein. Alles okay«, erwiderte Thorsten. »Ich möchte auschecken.«

»Ihr Zimmer ist aber für vier Tage bezahlt.«

»Egal, ich muss weg.« Er legte seine Kreditkarte auf den Tisch. »Hab den Erotikkanal gesehen«, sagte er und senkte verschämt den Kopf.

»Gerne«, griente der Portier und zog die Karte durch das Lesegerät. »Aha. Edward mit den Pimmelhänden. Und das Pippi Langschwanz Paket. Gute Wahl, mein Herr.«

Thorsten lief rot an und machte, dass er wegkam.

Er stürzte aus dem Hotel, stieg in seinen BMW

und fing an zu heulen. Warum, wusste er nicht. Haute wütend auf das Lenkrad. Schnodder lief ihm aus der Nase. Er atmete tief ein und verpasste sich eine schallende Ohrfeige.

Reiß dich zusammen, du Idiot. Es gibt keinen Grund, zu trauern.

Tatsächlich hatte er Nicole nur geheiratet, weil sie ihm jeden Wunsch von den Augen ablas. Wenn er von einer Geschäftsreise zurückkehrte, hatte sie den Tisch gedeckt. Mit Kerzen und so. Und niemand machte besseren Grünkohl als Nicole.

Egal. Seine neue Schnalle war wesentlich besser in der Kiste. Und hatte keinen verrückten Bruder, der nach Kuhstall und Fusel stank.

Thorsten lenkte seine Nobelkarosse vom Parkplatz. Dieses verkackte Emden war ihm zuwider. Emden war nicht Hamburg. Und hatte den beschissensten Puff in ganz Europa. Nach dem Debakel mit Nicole erkundigte er sich nach einem Nachtclub, fuhr zum Hafen und buchte im »Ankergold« eine russische Nutte für zwei Stunden. Das Bett brach während der Nummer unter ihnen zusammen. Thorsten machte einen Riesenaufstand und bezahlte nur die Hälfte des vereinbarten Preises.

Gedankenlos steuerte er den BMW durch die menschenleere Innenstadt. Außer dem Museum eines albernen Komikers gab es hier keine Sehenswürdigkeiten. Emden war so saftlos wie eine ausgepresste Zitrone. Er passierte den Hafen, hielt an einer Tanke und kaufte sich ein paar Gadgets für die Fahrt. Schmuddelheftchen, Kaugummi und Energydrink. Kippte sich das süße Zeug in den Hals und traf eine folgenschwere Entscheidung.

Ein wenig Nordseeluft wäre nicht schlecht, dachte er. Da gab es doch diesen Ort mit Blick auf ein niederländisches Industriegebiet. Nachts sah es fast aus wie die Skyline von New York. Ganz hübsch. Aber halt nicht Hamburg.

Allmählich brach die Dunkelheit herein. Thorsten eierte gedankenverloren Richtung Küste. Jazzmusik dudelte aus dem Radio. Fickmusik nannte er die. Prima, um den Kopf frei zu bekommen. Nach einiger Zeit fand er sich auf einer kleinen Landstraße wieder, die an einem Deich entlang ins Nirgendwo zu führen schien.

Regen setzte ein und forderte seine Scheibenwischer heraus. Er gab Gas. Mit einer Hand hielt er den Lenker, mit der anderen popelte er in der Nase.

»Verdammte Kacke!«, fluchte Thorsten, riss das Lenkrad herum und verfehlte nur knapp einen Bullen, der seelenruhig auf der Straße stand und ihn anglotzte. Sein nagelneuer Wagen steuerte geradewegs auf den einzigen Baum zu, der an der Landstraße stand. Panisch kurbelte er am Lenkrad.

Thorsten hatte Glück im Unglück. Seine Kiste schlitterte auf der nassen Straße haarscharf an dem dicken Stamm vorbei, drehte sich um die eigene Achse und landete rückwärts im Graben.

Er klatschte mit seinem Gesicht in den Airbag, schrie laut auf und öffnete geistesgegenwärtig seinen Gurt. Die Tür war komplett eingedrückt. Er stemmte sich mit den Beinen dagegen. Nach einigen Versuchen gab das Blech nach und Thorsten kullerte seitwärts aus dem Wagen.

Regen prasselte unaufhörlich auf ihn nieder. Blut lief seine Stirn herunter und tropfte auf sein eh schon versautes Designerhemd.

»Fuck«, fluchte er und stand mühsam auf. Die

Schultern schmerzten, seine Beine fühlten sich an wie Pudding. Er blickte sich um. Weit und breit kein Mensch. Windräder drehten laut surrend über ihm. Etwas weiter entfernt blökten Schafe um die Wette. Seewind peitschte ihm dicke Tropfen ins Gesicht. Ostfriesland, wie er es hasste.

»*Sie haben Ihr Ziel erreicht*«, plärrte es aus dem Wagen.

»Scheißdreck!«, brüllte Thorsten. Wie er dieses blöde Ostfriesland verabscheute. Trotzdem musste er sich mit diesem beschissenen Fleck Erde arrangieren. Hier schien weit und breit niemand zu wohnen. Sah gerade schlecht aus für ihn.

Es gab zwei Möglichkeiten. Entweder setzte er sich neben sein Auto und hoffte auf Rettung, oder er machte sich auf die Socken und humpelte die schier endlose Straße zurück nach Emden. Thorsten entschloss sich für die zweite Variante. Er machte einen Schritt und jaulte auf. Sein linker Fuß schmerzte wie Hölle.

»Möööö!«, brüllte der Bulle.

Thorsten schreckte auf. Dieses verdammte Tier hatte er doch glatt vergessen. Knapp hundert Meter weiter trottete es am Straßenrand.

»Du blödes Stück Vieh!«, brüllte Thorsten.

Das hätte er besser nicht sagen sollen. Ein lautes Schnauben, dann änderte der Bulle seine Richtung, verharrte kurz, scharrte mit den Klauen. Als ob er auf einen Startschuss warten würde.

»Verpiss dich!«

Die Erde bebte, das muskulöse Tier nahm Tempo auf und galoppierte in seine Richtung. Er wankte zurück, strauchelte und fiel mitten in einen Haufen Glasscherben. Seine Blase machte schlapp. Warmer Urin lief ihm die Beine herunter. Eingepisst und voller Panik ließ er sich bäuchlings in die Glassplitter fallen und legte schützend die Arme über seinen Kopf. Vor Jahren hatte er mit Nicole mal gescherzt. Was wären seine letzten Worte, so kurz vor dem Tod? »Ich liebe dich«, hatte er gelogen. Doch jetzt, in diesen Sekunden, brachte er nur »Ach du heilige Scheiße« über die Lippen. Und kaum hatte er den Satz beendet, stampfte auch schon der Bulle heran und blies ihm die Lichter aus.

Saufen bis zum Umfallen. Die zwei Flachmänner waren schnell geleert. Tjarko stieg aus dem Wagen und besorgte Nachschub. Regen klatschte wie Sperrfeuer auf seine alte Kiste. Er nahm einen weiteren Schluck, startete den Motor und fuhr rückwärts vom Parkplatz. Kutschierte ohne Ziel durch die Gegend. Zwischendurch eine Stärkung aus der Schnapsflasche. Tjarko wunderte sich. Eigentlich konnte er Fusel saufen wie ein Kamel. Die paar Schnäpse zeigten jedoch ziemlich schnell Wirkung. In Schlangenlinien kurvte er über die Straßen, touchierte einige Mülleimer, die an den Einfahrten standen. Rammte mit dem linken Kotflügel zwei Straßenlaternen und ratterte über einen Bordstein.

»Du bringst dich nochmal um«, flüsterte es von hinten.

Tjarko lugte über die Schulter. Verdammt. Da war niemand. Noch ein Schluck aus der Flasche. Jetzt war alles egal. Es gab kein Zurück mehr. Sein Hof war am Ende. Ohne Klaas lief nichts. Und wo sollte er einen neuen Knecht herbekommen? Nicole im Kuhstall? Niemals. Eher würde er sich eine Hand abhacken. Seine Schwester hatte etwas Besseres verdient. Sein Opa Säufer, sein Vater schlimmer Säufer, und er setzte der Sache noch die Krone auf. Ein Säufer, der Stimmen hörte und den Verstand verlor.

In hohem Bogen kübelte er seinen Mageninhalt gegen die Windschutzscheibe, kippte mit dem Kopf aufs Lenkrad und pennte ein.

Schrilles Klingeln an der Tür. Nicole blickte verschlafen auf die Uhr. Müde schlurfte sie durch den Korridor und öffnete. »Oh mein Gott. Toko?«, schoss es aus ihr heraus.

Klaus Lüders stand, mit Tjarko untergehakt, pudelnass im Regen. Ein komisches Bild, wenn es nicht so traurig gewesen wäre. Der kleine Besamer wirkte wie ein Schulkind neben einem zugedröhnten Dinosaurier.

»Ich will jemanden abliefern«, sagte Klaus.

Tjarko blickte auf. »Wat is hier los? Jasses. Der olle Lüders«, lallte er.

Klaus schob ihn in den Flur. »Hab ihm am Straßenrand gefunden.«

Nicole nickte ihm zu. »Na wunderbar.«

»Sein Auto ist ziemlich ramponiert.« Klaus lächelte. »Muss noch nen Reifen auswechseln und bring den Wagen morgen früh vorbei.«

»Das ist ... sehr nett von dir. Ich fahre dich dann gerne wieder nach Hause.« Nicole konnte nicht glauben, dass diese Worte aus ihrem Mund kamen. Ihr schauderte bei dem Gedanken, mit dem Winzling in einem Wagen sitzen zu müssen. Zum Glück schüttelte Klaus Lüders den Kopf.

»Schon gut, Nicole. Ich tu das gern. Ein Spaziergang am Morgen hat noch niemandem geschadet.«

»Danke, Klaus.«

Lüders verharrte und blickte Nicole an.

»Ist noch was?«, fragte sie.

Klaus räusperte sich. »Tjarko trinkt zu viel.«

»Manchmal«, erwiderte sie.

»Kann ich noch helfen?«, fragte er und lächelte.

Nicole schüttelte den Kopf. »Danke, schönen Abend noch«, erwiderte sie und knallte ihm die Tür vor der Nase zu. Klaus Lüders. Blieb ihr denn nichts erspart? Obwohl das wirklich nett von ihm gewesen war. Jeder andere hätte ihren vollgekotzten Bruder im Wagen liegen lassen. Vielleicht hätte sie ihm wenigstens einen heißen Tee anbieten können.

Aber der Kerl war ihr einfach zuwider.

Klaus stieg in seinen Wagen. Nicole Behrens, dachte er. In ihren rehbraunen Augen könnte er auf ewig versinken. Doch ihre Blicke wirkten traurig.

Fast flehend. Kein Wunder, bei dem Bruder. Sozusagen die Schöne und das Biest. Der Behrenshof hatte ein großes Problem. Und das war Tjarko. Wenn der so weitersaufen würde, hätte Klaus bald einen Kunden weniger. Nicole tat ihm leid. Am liebsten hätte er sie in den Arm genommen und getröstet. Na ja, was hätte er in der Situation denn auch erwarten sollen? Einen Tee? Oder einen warmen Kuss auf die Wange? Den hatte ihm noch nicht mal seine Freundin Lisa geben wollen. Die nutzte ihn aus wie einen Sklaven auf einer Baumwollfarm. Das war Klaus so klar wie Kloßbrühe. Aber was sollte er tun? Schluss machen? Wieder allein sein? Mit seinem Sittich? Mist. Der war ja nicht mehr. Eigentlich war es albern, um einen Wellensittich zu trauern. Doch Pucki hatte ihm das gegeben, wonach sich Klaus so sehr sehnte. Bedingungslose Liebe.

Er klappte die Sonnenblende herunter und musterte seine rote Knollennase in dem kleinen Spiegel. Wer könnte so ein Gesicht jemals lieben? Seufzend setzte er seinen Wagen in Bewegung.

»Toko. Wach auf!«

Tjarko kauerte in der Wanne. Entgeistert glotzte er auf die Duschbrause. Eiskaltes Wasser vermischte sich mit seiner Kotze und verschwand gurgelnd im Abfluss. »Hör auf damit«, keifte er und drückte Nicoles Hand weg. »Was soll das?«

»Was das soll? Das fragst du noch? Von wegen Bauernverband! Lässt dich volllaufen und ich mach' mir Sorgen.«

Ihr Bruder rieb sich die Augen. »Scheiße.«

»Ja, Scheiße. Sehr große Scheiße! Ein Tag zu Hause und du säufst bis zur Besinnungslosigkeit.«

»Ich ...«

»Fang ja nicht an, dich zu rechtfertigen. Krieg deinen Arsch hoch und zieh dich um. Du stinkst wie ein Iltis.«

Tjarko schob sie schnaubend zur Seite. »Hol mir noch einen Schnaps!«

»Toko! Du bist wie Papa!«, zischte sie. »Was passiert hier?«

»Nichts.« Er quälte sich aus der Wanne.

»Wenn du nicht besoffen wärst, würde ich sofort abreisen. Du machst mir wirklich Sorgen.« Eine

Träne kullerte über ihre Wange und landete auf Tjarkos Handrücken.

»Kein Grund zu heulen, Schwester. Ich bin ein unheilbarer Trinker. Alles meine Entscheidung«, stammelte er heiser.

Nicole schwieg, stand auf und drehte ihm den Rücken zu. »Zieh deine Klamotten aus. Ich hab dir ein paar frische Sachen hingelegt.«

»Nicole?« Tjarko schwankte noch ein wenig, als er aus dem Badezimmer durch den Korridor lief.

»Bin in der Küche. Hab' Kaffee gemacht.«

Er hielt sich an der Türzarge fest und hangelte sich zu einem Küchenstuhl. »Der Tod von Klaas ... ich ...«

»Keine Ausreden. Sei still. Ich bin stinksauer.«

»Tut mir leid«, flüsterte Tjarko und streckte die rechte Hand nach ihr aus. Nicole ergriff seine rauen Finger.

»Harte Arbeit klebt an denen. Und du versaust dir das mit deiner Sauferei.« Sie schniefte. Schwieg einen Moment und seufzte. »Hör auf mit dem Scheiß. Ende nicht wie Papa.«

»Recht hat sie!«

Schon wieder diese Stimme. Tjarko holte tief Luft und versuchte, sie zu ignorieren.

Ein leises Klopfen an der Tür.

»Erwartest du Besuch?«

»Nö.«

Wieder ein Klopfen. Jetzt lauter.

»Soll ich nachsehen?«, fragte sie.

Ihr Bruder wuchtete ächzend seinen massigen Körper hoch. »Ich geh' schon.«

Tjarko hielt sich an der Wand fest, sein Kopf fuhr Achterbahn. Jeder Schritt war, als ob er bei Windstärke zehn mit einem Floß über die See schaukeln würde. Er öffnete die Tür. Zweige fegten hinein und Regen klatschte Tjarko in das zerfurchte Gesicht.

Ein Huhn hockte auf den Stufen. Schlug mit den Flügeln und glotzte ihn an. »*Moin, Herr Behrens*«, sagte es.

Der Landwirt rieb seine Augen. Na prima. Jetzt wurde es ihm langsam zu bunt.

»*Hey, ich rede mit Ihnen*«, gackerte das Huhn.

»Halt die Backen«, flüsterte Tjarko und donnerte die Tür zu.

»Toko? Alles gut bei dir?«, ertönte Nicoles Stimme

aus der Küche.

Jetzt bloß nichts sagen. Am besten so tun, als ob nichts wäre. Darin war er ja Weltmeister. Er hatte wieder ein Delir. Hundertpro.

Dann erneut ein Klopfen.

»Mach doch die Tür auf«, rief seine Schwester.

Er atmete tief ein, griff nach der Klinke und drückte sie langsam hinunter.

»Moin, Tjarko.«

»Äh ... Pastor Jacobs? Was ...«

»Nun lass mich doch hier nicht im Regen stehen«, brummte der Pastor und huschte an ihm vorbei.

»Das passt mir gerade überhaupt nicht«, raunzte Tjarko.

Eugen Jacobs stiefelte wortlos in die Küche.

»Oh, welch eine Überraschung«, trällerte Eugen und umarmte innig die verdutzte Nicole.

Mittlerweile hatte Tjarko sturzfrei die Küche erreicht und schnappte sich den erstbesten Stuhl.

»Was wollen Sie?«, knurrte er.

Der Pastor legte seinen nassen Mantel ab und fläzte sich auf das alte Sofa. »Nach dir schauen. Dachte vorhin, was wohl der junge Behrens so macht? Hab dich lang nicht mehr in der Kirche gesehen. Mein Gott, ist das ein Wetter!« Aus seinen langen grauen Haaren tropfte Wasser auf den Boden.

Tjarko verschränkte die Arme. »Ich will mit der Kirche nichts mehr zu tun haben.«

Jacobs schaute Nicole an. »Ein Tee wäre nett.«

Nicole nickte und stellte den Kessel auf den Herd. Er erhob seinen kleinen, gedrungenen Körper und humpelte zur Küchenzeile. »Lass mal, ich mach schon. Habe ein paar Teebeutel mitgebracht. So ein gutes Gebräu habt ihr noch nie getrunken.«

Lächelnd setzte sich Nicole an den Küchentisch.

»So, ein heißer Tee für die Familie Behrens«, flötete der Pastor. »Kostet mal.« Er setzte sich wieder auf das Sofa.

Tjarkos Magen blubberte. Er nippte kurz. Nicole nahm einen langen Schluck und verzog das Gesicht.

»Und?«

»Schmeckt muffig«, mäkelte Tjarko.

»Grüner Tee. Direkt aus Asien. Macht 'nen klaren Kopf.«

»Was soll das heißen?«

»Ach nichts. Siehst etwas zerknautscht aus.«

»Mir gehts gut.«

»Schön«, erwiderte Jacobs.

Im Hintergrund klackte die alte Pendeluhr ihre Sekunden ab. Nach einer kurzen Pause brach Jacobs die Stille. »Ach, ist das schön, euch beide hier zusammen zu sehen.«

Jacobs war seit einer gefühlten Ewigkeit Pastor der Gemeinde. Vom Typ eher unverbesserlicher »Öko«. So nannte man in den Achtzigern die ersten Müslifresser. Wollpulli, Latzhose, und ein »Atomkraft? Nein danke!« Aufkleber an der braunen Aktentasche.

Heidrun, seine Frau, war vor vielen Jahren abgehauen. Sie hatte die Schnauze voll von ihm. Zog zu ihrer Schwester und reichte die Scheidung ein. Eugen wurde immer exzentrischer. Ließ seine Haare wachsen und fuhr jedes Jahr auf lange Reisen. Tiefster Dschungel. Eingeborenenstämme im Amazonas und so. Berichtete im Konfirmandenunterricht stolz von seinen Exkursionen. Erzählte von Schamanen, die seinen Reizdarm mit stinkenden Tränken behandelten. Und präsentierte kleine Souvenirs. Von Voodoo-Puppen bis hin zu schauerlichen Amuletten. Kurzum: ein komischer Kauz. Kein Wunder, dass er seit Jahren allein lebte.

»Ich lass euch mal. Muss dringend duschen. War ein langer Tag heute«, murmelte Nicole.

»Ja, mein Liebes«, säuselte Eugen und griff mit seinen Wurstfingern nach ihrer Hand. »Wie geht es deinem Mann?«

Sie nickte höflich und zog die Hand zurück. »Gut. Alles wunderbar. Ich geh nach oben. Bin hundemüde.«

»Ja, ja. Alles gut. Das war ein harter Tag für euch, nicht wahr?«

Nicole lächelte gezwungen.

Ja, verdammt. Das war in der Tat ein harter Tag gewesen.

Als ihre Schritte auf der Treppe verklungen waren, lehnte sich Tjarko nach vorne. »Sie kommen nicht ohne Grund, oder?«

Der Pastor nahm seinen Teebeutel aus der Tasse und legte ihn achtlos auf die Tischdecke. »Klaas«, sagte er.

»Dachte ich mir«, erwiderte Tjarko. »Und ... nein, ich trauere nicht um ihn. Was macht der Kerl bei so einem Wetter im Melkstand? Aber von einem Blitz getroffen zu werden, das ist schon 'ne üble Sache.«

»Mein Sohn, jeder Verlust eines Geschöpfs Gottes

ist auch dein Verlust.«

»Wie meinen Sie das?«

Jacobs grinste. »Der kam von mir. Gut, oder? Vielleicht zu theatralisch.« Kichernd schlürfte er seinen Tee. »Ja, der Klaas war kein schlechter Kerl. Einsam und ohne Familie. Willst du zur Beerdigung kommen?«

»Muss ich wohl. War sein Chef.«

»Wäre schön, wenn du eine kleine Rede halten würdest.«

»Wer? Ich? Nö, lassen Sie mal.«

»Überleg es dir. Aber jetzt ...« Jacobs kramte eine Zigarette aus der Hosentasche und zündete sie an.

»Kann uns Nicole hören?«

Tjarko lauschte. Er hörte das Plätschern der Dusche. »Nein. Kann sie nicht.« Sein Magen krampfte sich zusammen. Nie wieder billigen Korn. Am besten gar kein Alkohol. Bis morgen vielleicht.

»Gut«, bemerkte der Pastor, blickte durch die Küche und blies eine Rauchwolke aus. »Ich wollte schon früher kommen. Aber in der letzten Zeit, seit der Sache mit Gisela ... war viel zu tun.«

»Mm.«

»Hat uns alle getroffen. Seitdem ist es nicht mehr

wie früher.«Jacobs streckte seine kurzen Beine aus.

»Darf ich meine Schuhe ausziehen?«

»Nur zu«, grummelte Tjarko.

Nachdem der kleine Mann seine Stiefel ausgezogen hatte, belagerte er nun gänzlich das alte Sofa. »Ach, meine Flunken schmerzen. Wie der Doktor immer sagt. Knochen melden sich, wenn die Blätter kommen, und wenn sie wieder gehen.«

»Was wollen Sie?«

»Oh. Ja. Entschuldigung.« Jacobs nippte am Tee und schlug die Beine übereinander. »Hörst du Stimmen?«

»Was?«

»Stimmen. Nicht meine. Andere. Von Leuten, die nicht da sind?«

»Was geht Sie das an?«

Jacobs gluckste wie ein kleines Kind. »Ach, mehr als du glaubst.«

»Sie wissen, dass ich im Irrenhaus war, oder?«

»Ja, ja. Natürlich. An mir geht nichts vorbei.«

»Hab mir auch nichts anderes gedacht.«

»Was bist du so kratzbürstig?«

»Hatte 'nen langen Tag.«

»Du hast meine Frage noch nicht beantwortet.«

»Welche?«

»Die Stimmen.«

Was wollte der Kerl von ihm?

Jacobs versenkte seine Kippe im Teepott. »Siehst du Dinge, die nicht da sind?«

Tjarko blickte schweigend aus dem Fenster. Ja, hier geschahen Dinge. Schnapsflaschen, die nach ihm riefen, ein Bulle, der auf einmal im Stall auftauchte und sich als sehr redselig erwies. Aber das waren Halluzinationen. Hatte ihm der Psychiater schwarz auf weiß bestätigt.

»Glaubst du an Geister?«, fragte Eugen beiläufig.

Bei allem Respekt. Aber nun reichte es.

Mit der flachen Hand haute Tjarko auf den Tisch.

»Wollen Sie mich verarschen?«

Jacobs blickte ihn unbeeindruckt an. »Du weißt genau, was ich meine, oder?«

»Gehen Sie. Bitte. Und lassen Sie mich und Nicole in Ruhe. Ich brauche keinen kirchlichen Beistand.«

»Na dann«, erwiderte Jacobs, nahm seine Beine vom Sofa und zog die Stiefel wieder an.

Der Pastor warf seinen Mantel über. Mit der Hand an der Türklinke wandte er sich noch einmal um.

»Komm morgen vorbei«, sagte er und verschwand in der Dunkelheit.

»Einen Scheiß werd' ich«, knurrte Tjarko.

»Dann bis morgen«, rief Eugen fröhlich zurück.

Der Herbst kündigte in dieser Nacht endgültig die Beziehung zu seinen goldenen Tagen. Das nächste Orkantief rauschte mit schweren Gewittern im Gepäck heran. Laub fegte von den Ästen, Gänse zogen hastig in das Landesinnere. Die letzten Straßenlaternen erloschen und hüllten Buckbuhr in eine tiefschwarze Decke. Hier und da grub Häuserlicht kleine Löcher in die Dunkelheit. Hunde jaulten, die letzten Autos krochen durch den Ort. Die Bürgersteige menschenleer. Gab ja auch keinen Grund, bei diesem Wetter nach draußen zu gehen.

Tjarko kroch in sein Bett. Lauschte den knarzenden Dachbalken, die nur mit großer Mühe dem Wind standhielten. Er wälzte sich auf die Seite. Zog die Decke über seinen Kopf, der wie ein Dampfhammer pochte. Augen zu und gut ist, dachte Tjarko. Schlafen war kein Hexenwerk. Aber mit dem käsigen Geruch von Jacobs Füßen in der Nase und dieser latenten Übelkeit fand er trotzdem keine Ruhe. Wie sehr sehnte er sich nach den grauen Pillen, mit denen man ihn im Krankenhaus gefüttert hatte. Danach war alles gut. Kopfschmerzen lösten sich in Luft auf. Und oft döste er einfach so dahin und wartete auf die nächste Blutdruckmessung.

Aber hier, in seinem verranzten Schlafzimmer, lag er allein. Lauschte der Melodie des Sturms. Dachte über Klaas nach. Vielleicht sollte er ihm doch die letzte Ehre erweisen. Eine kurze Rede. Konnte ja nicht so schwer sein. Was wollte der Pastor überhaupt bei ihm? Und woher wusste er um sein kleines Problemchen? Wo zum Teufel sollte Tjarko so schnell einen neuen Knecht finden? Tausend quälende Gedanken.

Letztendlich ergab sich Tjarko der schweren Müdigkeit und schlief ein.

Lautes Gepolter riss ihn aus dem Schlaf. Er lugte auf die Uhr. Halb zwei. Eine Stunde geschlafen. Fluchend setzte er sich auf die Bettkante.

»*Moin*«, sagte eine Stimme.

Tjarko rieb sich die Augen. Öffnete seine verklebten Lider. Er schluckte. Mein Gott, warum gab sein Verstand nicht endlich Ruhe?

»*Kannst du nicht sprechen, oder was?*«, raunzte

die Stimme.

»Was?«

»*Na ja, wir beide sind nicht die besten Gesellschafter.*«

Tjarko beugte sich nach vorne und erkannte schemenhaft einen Schatten, der auf seinem Lieblingssessel saß. Leichter Geruch von billigem Aftershave kroch in seine Nase. So unangenehm vertraut wie diese Stimme, die aus dem Sessel kam.

»Papa?«, flüsterte Tjarko.

Na super.

Ein Traum mit seinem verstorbenen Vater.

»*Wer sonst? Oder glaubst du, ich bin der Heilige Geist?*«

Tjarko schwieg und starrte auf den Schatten.

»*Nun sag was, Sohn.*«

Warum sollte er antworten? Das Intermezzo hier war doch nur ein Gespinst seiner benebelten Sinne.

»*Wie findest du den Bullen?*«

Okay. Gute Miene zum bösen Spiel. Tjarko lächelte. Kniff sich zur Sicherheit in die Oberschenkel. Schmerzte natürlich. Es musste sich um einen besonders realen Traum handeln. Hatte er anfangs auch in der Entzugsklinik.

»Bullen? Ich versteh nicht«, murmelte er verschlafen.

»Tu nicht so. Hab mir solche Mühe gegeben. War ein weiter Weg von Westerstede. Hat mich eine Menge Kraft gekostet, das Viech einzunehmen.«

»Hör auf zu schnacken. Du bist nur eine Einbildung.«

»So, so. Ich sag' nur: Thorsten.«

»Thorsten. Warum Thorsten?«

»Habe dir einen Wunsch erfüllt.«

»Lass mich pennen«, raunzte Tjarko und legte sich wieder hin.

»Na, du könntest wenigstens danke sagen.«

»Lass ... mich ... pennen!«

»Thorsten. Thorsten!«, hallte es von allen Seiten.

»Woher weißt du von Thorsten? Bist Jahre vorher gestorben«, murrte der Landwirt.

»Ach, ich war eigentlich nie weg. Oder glaubst du, ich lass den Hof mit dir allein? Ich habe wenigstens besoffen noch die Kühe gemolken. Du bist dagegen ein absoluter Vollpfosten. Nun ist Klaas ja weg. Jetzt kannst du mal zeigen, was dir der Hof noch wert ist.«

Tjarko wurde es zu bunt. Er kniff sich nochmals in seinen linken Oberschenkel. Tat wirklich verdammt weh. Für ihn gab es nur eine Erklärung: Er war vollkommen verrückt. Reif für die Klapse. Mal wieder.

»*Hey, Sohnemann*«, zischte die Stimme direkt neben ihm.

Der Landwirt riss die Augen auf, starrte seinem Vater auf die unverkennbare, schiefe Nase. Spürte seinen kalten Atem, vermischt mit einer leichten Alkoholfahne.

»Verpiss dich«, heulte Tjarko, sprang auf und kauerte sich neben das Bett.

Keine Antwort. Der Sturm pfiff durch die Fensterritzen. Regen prasselte gegen die Scheiben. Tjarko drehte ängstlich den Kopf zur Seite. Das Bett war leer. In seiner Nase der Geruch von Aftershave und Fusel.

Genervt stand Tjarko auf, zog seine Puschen an und schlurfte nach unten. Mit dem Schlafen war es jetzt sowieso vorbei.

Ein Kaffee mit Schuss wäre nicht schlecht, dachte er.

In der Küche flackerte eine Kerze auf dem Küchentisch.

»*Trink erstmal einen!*« Sein alter Herr hockte grinsend auf dem Sofa, auf dem Boden eine Flasche Weinbrand. Mit der linken Hand klopfte er auf den freien Platz neben sich.

»Hau ab!«, raunzte Tjarko.

»*Stell dich nicht so an. Trink einen mit mir.*«

Okay. Manchmal waren dumme Träume doch nicht so schlecht. Jetzt gab es wenigstens etwas zu saufen. Auch wenn es nicht real war. Ein Alkoholiker nutzte schließlich jede Gelegenheit. Tjarko setzte sich. Blickte im spärlichen Kerzenschein seinem toten Erzeuger in die Augen. Dunkle Augenringe und diese kleinen, blauen Äderchen, die sich wie ein Netz über die Wangen zogen. Große Hände, der dicke Bierbauch. Alles so echt. Die perfekte Illusion.

»*Muss mich entschuldigen. Vielleicht rieche ich etwas verfault*«, grinste sein Vater.

Tjarko lachte kurz auf. Wenn er jemals an seinem Vater etwas geschätzt hatte, war es sein schwarzer Humor gewesen.

»Gib mir die Flasche«, knurrte Tjarko.

Sein Hirngespinst reichte sie ihm. Gierig setzte Tjarko an. Ließ das braune Gold in die Kehle fließen. Spürte das Brennen im Rachen, dieses wohlig warme Gefühl unter der Bauchdecke. Verdammt gut, obwohl es nicht echt war.

»*Wir beiden Säufer. Wenn deine Mutter das sehen würde*«,

sagte Joke Behrens. »*Habe sie letzte Woche getroffen.*«

Tjarko setzte ab. »Lass mich in Ruhe damit. Mama ist tot.«

»*Ich doch auch.*«

»Du bist nur 'ne Einbildung.«

»*Meinst du?*«

»Jo«, erwiderte Tjarko.

»*Und Klaas ...?*«

»Was ist mit dem? Den hat ein Blitz zerlegt.«

»*Ja, das ist traurig. Wollte ihm nur einen Schreck einjagen. Das mit dem Blitzschlag war dann eine Laune der Natur.*«

»Wie meinst du das?«

»*Jeder bekommt seine gerechte Strafe. Der Kerl hat dich beklaut.*«

»Woher willst du das wissen?«

»*Ich weiß alles. Schon vergessen, du Klappspaten?*«

»Bist 'n scheiß Traum«, antwortete Tjarko.

»*Klaas hat sich munter an deinem Bargeld bedient. Muss ihm eigentlich dankbar sein. Seine Gier hat mir die Freiheit geschenkt.*«

»Wie meinst du das?«

»*Muss dir ja nicht alles verraten. Streng deinen Grips*

an. Du wirst es schon herausfinden.«

»Verzieh dich. Ich will schlafen.«

»Mund halten«, zischte Joke und gab seinem Sohn eine verdammt reale Kopfnuss.

»Aua, was soll das?«

»Hach, als Geist ist das Leben doch herrlich.«

»Kann mir Besseres vorstellen.«

»Ich kann sein, was ich möchte. Wellensittich war eine besondere Erfahrung.«

»Wellensittich?«

»Ja, warum nicht? War ein Heidenspaß.«

»Mm«, brummte Tjarko.

Hoffentlich klingelte bald der Wecker.

»Nur durch die Gegend zu schweben ist auf die Dauer zu langweilig. Ein paar Spukereien sind immer eine willkommene Abwechslung.«

»Wenn du das meinst.«

Joke Behrens kicherte. *»Das Geräusch von platzenden Federviechern ist wie Musik in meinen Ohren. Diesen Pissern im Dorf hab ich es ordentlich gezeigt.«*

»Komm zum Punkt. Der Wecker klingelt bald.«

Joke erhob sich, schwebte, wie es sich für einen Geist gehörte, über dem Boden und wisperte: *»Sie* *werden dich kriegen, Tjarko.«*

»Häh?«

»Lustig, oder? War das nicht gruselig?«

Tjarko seufzte und nahm einen Schluck. »Nö.«

»Mensch, nun lach doch mal.« Joke knuffte ihn in die Rippen.

»Hör auf mit dem Scheiß.«

»Du, ich muss wieder los. Meine Energie ist komplett im Arsch. Und wirf morgen mal einen Blick in den Hühnerstall.«

»Was faselst du da?«

»Untoooote«, gluckste sein Vater.

»Was?«

»Stell keine Fragen, du Vollhonk. Mach es einfach.«

»Bist nur ein Traum.«

»Wie du meinst, Sohnemann. Ich muss jetzt aber wirklich los. War nett mit dir«, trällerte er und löste sich in Luft auf.

»Was soll's?«, murmelte Tjarko und trank die Flasche in einem Zug leer.

Laut keuchend wälzte sich Nicole auf die rechte Seite. Leise Schritte huschten an der Tür vorbei.

»Tjarko?«, fragte sie verschlafen, schwang sich auf die Bettkante und blinzelte.

»*Moin*«, brummte es. Sekunden später ertönte ein leises Klopfen.

»Toko, geh ins Bett!«, sagte Nicole und warf sich in ihr Kissen.

Wieder ein Pochen an der Tür.

»Lass mich schlafen.«

»*Nicole*«, wisperte es.

»Hör auf mit dem Mist!«

»*Koch deinem Bruder mal eine anständige Portion Labskaus.*« Nun reichte es aber. Nicole stand schnaubend auf und riss wütend die Tür auf.

Niemand.

»Ist da jemand?«

Eine durchaus berechtigte Frage.

Logischerweise war da niemand. Wer sollte da auch schon sein? Tjarko lag hörbar schnarchend unten auf dem Küchensofa.

Nicole lächelte über sich selbst und schloss die Tür. Sie wunderte sich lediglich über den vertrauten Duft, den sie flüchtig wahrnahm.

Billiges Rasierwasser und Schnaps.

Nicole schüttelte den Kopf. Legte sich wieder ins Bett und starrte an die Decke. Vielleicht waren die letzten Wochen einfach zu viel des Guten gewesen. Tjarko machte ihr große Sorgen. Er war seinem Vater ähnlicher, als er glaubte. Im Wesen ein guter Mensch, doch innerlich zerrissen. In einer Zeitschrift bei ihrem Frisör hatte sie einen Artikel über Selbstmord gelesen. Angeblich war das vererbbar. Genauso wie die verdammte Alkoholsucht, die wie ein Fluch über dem Behrenshof lag.

Über Papas Tod hatten sie sich nie wirklich unterhalten. Bisher hatte sich nicht der richtige Moment dafür ergeben. Ihr Vater war ein Tyrann gewesen. Egoistisch und ungerecht. Nie hatte er die Hand gegen seine Familie erhoben. Aber wenn er besoffen nach Hause gekommen war und lallend in der Küche gehockt hatte, schmerzte es genauso wie harte Schläge. Das Schlimmste war, dass er sich klammheimlich aus dem Staub gemacht hatte. Ohne ein paar letzte Worte. Nicole war damals gerade siebzehn geworden. In der Blüte ihres Lebens. Und gerade dann hatte sich ihr alter Herr aufgeknüpft. Das konnte sie ihm nie verzeihen.

Ihre Mutter litt unter seiner Sauferei. Sein Tod machte alles nur noch schlimmer. Nach Jokes Ableben rauchte sie zwei Schachteln Zigaretten am Tag. Das Ende vom Lied war der verdammte Krebs.

»*Nun bring bitte Mutter nicht ins Spiel*«, tönte es in ihren Gedanken.

»Sei still, du Arschloch«, flüsterte Nicole.

»*Etwas mehr Respekt vor deinem Vater*«, brummte es zurück.

Plötzlich so nah und eindringlich.

»Halt einfach deinen Mund«, zischte sie.

»*In der Bahn warst du noch nett zu mir*«, erwiderte der alte Mann und schleuderte seinen Koffer gegen die Wand. Leere Schnapsflaschen kullerten heraus.

Ein Traum. Ein selten bescheuerter Traum, dachte Nicole.

Sie schlug die Hände vors Gesicht. »Geh aus meinem Kopf«, wimmerte sie und lugte zwischen ihren Fingern hindurch. »Oh mein Gott, ich werde verrückt!«, sagte sie zu sich selbst und blickte auf ein vergilbtes Poster an der Wand. Einer dieser Starschnitte aus einer Jugendzeitschrift. Vier grinsende Schmachtlappen mit alberner Dauerwelle.

Nicole lachte kurz auf.

Totaler Blödsinn, dass ihr alter Herr in ihrem Hirn herumspukte. Der Kerl war tot. Und das nicht erst seit gestern. Sogar sein Grab war inzwischen von Tjarko eingeebnet worden. Ihre Mutter lag ein paar Gräber weiter. Tjarko hatte nicht gewollt, dass sie direkt neben ihrem Mann die letzte Ruhe fand.

Vielleicht sollte sie zum Friedhof gehen. In Ruhe Abschied nehmen. Kraft tanken für ein ehrliches Gespräch mit ihrem Bruder, der kurz davor war, seinen Verstand endgültig zu versaufen.

Nicole löschte das Licht und schlief auf der Stelle ein.

BEKEHRUNG

Wabernde Nebelschwaden hüllten den Behrenshof ein. Das gestrige Unwetter hatte ganze Arbeit geleistet. Ein Teil vom Dach des Hühnerstalls war abgerissen und die Einzelteile lagen wie Papierschnipsel auf den umliegenden Feldern verstreut. Aufgeregt flatterten die Hühner durch tiefe Pfützen, ließen vor Schreck ein Ei plumpsen oder scharrten im schlammigen Boden. Einige stierten eine komische Gestalt an, die nackt vor dem Gatter lag.

»Örg«, grunzte das arme Geschöpf, hob kurz den Kopf und verlor wieder das Bewusstsein.

Tjarko stöhnte. Er hatte nicht den blassesten Schimmer, wie er in der Nacht auf das Sofa gekommen war. Sein Hintern schmerzte. Ein fieses Stechen, direkt an der Arschritze. Er pulte mit seinem linken Zeigefinger am Po und ertastete einen kleinen, runden Gegenstand. Verwirrt holte er den Störenfried hervor.

»Was zum Teufel …?«, wunderte er sich und starrte auf einen roten Drehverschluss. »*Original Krummhörner Brand*«, stand dort in gelber Schrift. Papas Lieblingssorte. Tjarko stutzte und warf den Verschluss achtlos auf den Tisch. Die Uhr zeigte halb fünf. Eine halbe Stunde bis zum Melken. Genug Zeit, einen klaren Kopf zu bekommen. Ächzend stand er auf, schlurfte zur Spüle und schüttete sich eine Ladung Wasser ins Gesicht. Das sollte reichen. Die Kühe würde die unrasierte Visage nicht stören.

Tjarko humpelte zum Kuhstall. Das Tor stand weit offen, im Melkstand herrschte Festbeleuchtung.

»Moin«, grinste Enno und wischte mit einem Lappen Kuhscheiße von einem Euter.

Enno Boomgarden. Knecht bei Schweinebauer Ohling. Er hatte seine alte Schiebermütze tief in das Gesicht gezogen. Über seine Wange zog sich eine lange Narbe. Eine Erinnerung an eine Keilerei in der Dorfkneipe. Enno war groß und schlaksig, und was seinen Unterbau angeht, hatte er mit dem Storch gepokert und die Beine gewonnen. Wenn er auf seinem alten Hollandrad durch das Dorf fuhr, sah er aus, als ob er sich mit seinen Knien die Ohren zuhalten würde.

»Was machst du hier?«, raunzte Tjarko.

»Melken«, antwortete Enno lachend.

»Wer hat dich darum gebeten?«

»Mein Chef.«

»Ich hab' es schon mal gesagt. Ich brauche keine Almosen.«

Enno stand auf und gab der Kuh einen Klaps auf das Hinterteil.

»Stell dich nicht so an. Rolf will dir nur helfen.«

»Geh zu deinen Schweinen und lass mich in Ruhe!«, zischte Tjarko.

»Was bist du nur für ein Arschloch«, maulte Enno und warf ihm den dreckigen Lappen zu.

»Hat Rolf keine Eier, hier selbst zu erscheinen?«

»Der ist beschäftigt.«

»Verpiss dich. Auf der Stelle. Das ist mein Hof.«

»Muss gut laufen bei dir!«

»Wieso?«

»Nun ja. Geld genug für einen Zuchtbullen hast du ja.«

»Das geht dich gar nichts an. Ein Wort an Rolf und

ich schlag dich windelweich.«

»Ist das eine Drohung?«

Tjarko schnaufte. »Die erste kommt jetzt!« Ein Tritt landete in Ennos Weichteilen.

Enno japste nach Luft.

»Mach, dass du Land gewinnst, und lass dich hier nie wieder blicken!«

»Das ...«, keuchte Enno, »... hat ein Nachspiel.«

»Schönen Gruß an Rolf. Er soll sich um seinen eigenen Scheiß kümmern«, knurrte Tjarko.

Enno stieg ächzend auf seinen Drahtesel und schlingerte vom Hof.

Tjarko kippte den letzten Rest Kaffee hinunter. Es gab noch einiges zu erledigen. Nicole schien noch zu schlafen. Kein Wunder. Seine Sauferei raubte ihr die letzten Kräfte. Wie konnte er auch nur so blöd sein. Dieser verfluchte Schnaps hatte ihn gestern vollkommen aus der Bahn geworfen. Er riss ein Stück Papier von der Küchenrolle und kritzelte ein paar Worte darauf.

Nicole. Es tud mier leit. Ich binn bei dem Pastohr. Kümmer mich uhm Klahs. Fersprochen. Unt binn

einkaufen. Koche heute Abent. Die Tiere sint fersorgt.
Dein Bruder.

Zufrieden las er über die Zeilen, schlich nach oben und legte die Nachricht vor Nicoles Zimmertür.

Eisiger Wind strich über den nackten Hintern des hilflosen Mannes, der mit dem Gesicht nach unten im Matsch lag. Ein Huhn stieg gackernd über seinen Kopf. Er öffnete die Augen und erbrach eine Ladung Brackwasser. Stöhnte leise auf. Blickte zur Seite. Keuchte und schniefte erdigen Schnodder aus der Nase.

Ein stattlicher Hahn stellte sich auf seine rechte Hand und glotzte ihn an. Der nackte Kerl zog seine Arme aus dem Schlamm und verscheuchte das Vieh. Stöhnend winkelte er die Beine an und hob seine Arschbacken. Drehte sich auf die Seite. Und glotzte auf einen Pulk gackernder Hühner. Er stützte sich auf einen Ellenbogen. Seine Knochen schmerzten. Die Haut brannte vor Kälte.

»Guten Tag«, wisperte er.

Der Hahn krähte aus voller Brust.

Scheiße nochmal. Er brauchte ein paar Minuten,

um die Lage auszuloten. Ihm war kalt. Okay. Diese Erkenntnis brachte ihm herzlich wenig. Was zum Teufel war hier los? Und das Schlimmste ... er hatte nicht den Hauch einer Ahnung, wer er war. Sein Hirn war so leer wie ein Klopapierregal. Um ihn herum gackernde Wesen. »Hühner«, krächzten seine grauen Zellen.

Na gut. Er lag also zwischen Hühnern. Und ihm war verdammt kalt. Kein Wunder, dass er so schlotterte. Von oben klatschten dicke Regentropfen auf ihn herab.

»Hallo?«, flüsterte er heiser und spuckte einen Brocken Erde mit Hühnerkacke aus. Sein Rufen verhallte ungehört. Er atmete tief ein, kam schwerfällig in die Hocke. Richtete sich stöhnend auf und torkelte barfuß durch tiefe Pfützen. Die Hühner flatterten aufgeregt, der Hahn ging zum Angriff über, um seinen Harem zu verteidigen. Er schnappte blitzschnell das Tier, biss ihm den Kopf ab und schmiss den Rest achtlos über die Schulter.

Zaghaftes Klopfen an der Tür. Dann ein leises: »Ist da jemand?«

Nicole schlurfte durch den Flur und drückte die Klinke hinunter. »Oh mein Gott«, stieß sie hervor.

»Guten Tag. Können Sie mir sagen, wo ich bin?«, krächzte der nackte und verdreckte Kerl. Blut tropfte aus seinen Mundwinkeln.

»Thorsten!« Nicole wankte zurück. »Was ist ...?«

Er hustete und spuckte ein paar Federn aus.

»Das ist ja widerlich!« Nicole verzog das Gesicht.

Thorsten räusperte sich und glotzte sie verdattert an. »Guten Tag, können Sie mir sagen ...«

»Hör auf mit dem Blödsinn. Du bist vollkommen verdreckt. Und warum hast du keine Kleidung an?«

»Guten Tag ...«, begann er wieder. Als ob ein Sprung in seiner Festplatte wäre.

»Thorsten, jetzt reicht es aber.«

»Wer ist Thorsten?«, stotterte er und fiel in ihre Arme.

Obwohl Tjarkos Auto auf einer Seite komplett im Arsch war, schnurrte der Motor erstaunlicherweise wie eine Katze.

Er bog in die Einfahrt zum Haus des Pastors ein. Überlegte einen Moment, ob das wirklich eine gute Idee gewesen war. Stieß einen säuerlichen Rülpser aus und stieg ungelenk aus dem Wagen.

»*Geh nach Hause und sauf dir einen*«, forderte sein kleiner Mann im Ohr.

»Halt dein Maul, Papa«, raunte Tjarko und drückte den Klingelknopf.

»So früh habe ich dich nicht erwartet«, murmelte Eugen Jacobs und öffnete die Tür. Sein kleiner, gedrungener Körper sah im Bademantel aus wie eine gebrühte Bockwurst. Die langen grauen Haare lagen in fettigen Strähnen auf dem roten Frotteestoff. Schuppen thronten wie Haferflocken auf seinen Schultern.

»Soll ich wieder gehen?«, raunzte Tjarko.

»Nein, nein. Komm rein.« Eugen lächelte. »Schön, dass du kommst.«

Argwöhnisch latschte er hinter Eugen her. Der Flur roch nach Nikotin. An den vergilbten Wänden Bilder von hiesigen Kirchtürmen. Auf einem alten, fleckigen Teppich stapelweise alte Zeitungen.

»Geh schon mal ins Wohnzimmer. Ich zieh mir was an«, sagte der Pastor und wies mit dem Kopf zu einer Tür am Ende des Korridors.

Die Stube vollgestellt mit irgendwelchem Trödel. Unzählige Tonbandgeräte, die er zum letzten Mal in seiner Kindheit gesehen hatte. Tausende von Büchern und der Geruch von feuchtem Papier. Und Aschenbecher. In allen Varianten. Aus Porzellan, Metall, Kunststoff. Einige so groß wie Essteller. Voll mit stinkenden Kippen.

Tjarko setzte sich auf einen wackeligen Stuhl. Lauschte dem Klacken einer Armee winkender Plastikkatzen, die auf einem Kaminsims posierten.

»Hab ich aus China. Schön, oder? Sie winken einem das Glück zu«, krächzte Jacobs. Ein löchriges Shirt spannte über seinem dicken Bauch. Die graue Trainingshose voller Flecken.

»Ja, nett«, erwiderte Tjarko und legte die Hände auf seine Knie.

»Ich stehe immer etwas später auf. Liege meistens bis neun im Bett und bete.«

»Soll ich wieder gehen?«

»Ach, Blödsinn. Ich hasse es, früh aufzustehen. Lese gerne noch ein paar Seiten. Magst du Heimatromane?«

»Nö«, erwiderte Tjarko.

»Ich kann dir gerne mal ein paar ausleihen. Heile Welt und Berge. Wunderbar«, säuselte Jacobs und setzte sich in einen Schaukelstuhl.

Erwartungsvoll blickte Tjarko den Pastor an.

Eugen Jacobs faltete die Hände. »So, mein Sohn. Was führt dich zu mir?«, sagte er mit einem eigenartigen Akzent.

»Ich sollte doch kommen. Schon vergessen?«

Jacobs kicherte. »War ein Scherz. Ich kann prima den Papst imitieren, oder?«

Tjarko stierte ihn verstört an und nickte.

»Egal. Ist aber ein Knaller auf jeder Hochzeit«, sagte Jacobs. »Johannes Paul der ... kennst den alten Polen doch, oder?«

Tjarko zuckte mit den Schultern und lehnte sich zurück. Der Pfaffe hatte nicht alle Teebeutel in der Dose. Total durchgeknallt.

»Ich hab' nicht viel Zeit«, brummte Tjarko. »Es geht um die Beerdigung.«

»Na, und?«

»Hab's mir überlegt. Ein paar Worte kann ich da sagen.«

»Sehr schön«, kicherte Eugen, stand auf und brabbelte unverständliches Zeug vor sich hin. Dann kramte er in einem Stapel Akten und zog einen Ordner heraus. Der Rest fiel wie ein Kartenhaus zusammen. »Entschuldige meine Unordnung. Der Heilige Geist lässt mir keine Zeit zum Putzen.«

Das kannte Tjarko nur allzu gut. Bei ihm war es meistens der Geist aus den Flaschen.

»Ich wusste, dass du dich dafür entschieden hast, mein Sohn«, fuhr Jacobs fort.

»Ja. Hab' nachgedacht.«

»Das finde ich nett von dir. Ich habe hier ein paar Sprüche, die gut zu Klaas passen würden.« Jacobs leckte an einem Zeigefinger und blätterte durch das Papier. »Aha, hier ist einer: Man stirbt nur einmal. Und doch für immer. Mit dem Tod wird alles schlimmer.«

»Den nehm' ich«, brummte Tjarko.

Jacobs klappte den Ordner zu und warf ihn achtlos über die Schulter. »Weg mit dem alten Zeug. Steht nur Blödsinn drin«, bemerkte er und sah sich suchend um. »Stört es dich, wenn ich einen Joint rauche?«

»Was?«

»Na, 'nen Joint. Hilft wunderbar gegen meine Schmerzen.« Der Pastor kramte eine kleine Plastiktüte hervor und bereitete sich sein obligatorisches Frühstück zu. Währenddessen herrschte Schweigen, und Tjarko beobachtete ungläubig die geübten

Handgriffe des Pastors. Der steckte sich eine beachtliche Tüte in den Mund und zündete sie mit einem Streichholz an. Süßlicher, leicht nach Erbrochenem duftender Qualm kroch in seine Nase.

»Willst du mal ziehen?«, keuchte der Pastor.

»Ich bleibe lieber beim Schnaps.«

Eugen hielt ihm seine Tüte vor die Nase und nickte auffordernd. »Nimm einen. Wird dir guttun.«

Da hatte der Pfaffe nicht ganz unrecht. Tjarko schwitzte. Nervös wippte er mit einem Fuß. »Scheiß drauf«, murmelte er und griff nach der Tüte. Sein Körper war ohnehin schon eine halbe Sondermülldeponie. Hauptsache, es nahm ihm seine Entzugserscheinungen.

Nach einem kurzen Zug hustete Tjarko sich die halbe Lunge aus dem Hals.

Jacobs schien zufrieden, lächelte und klimperte mit seinen Schweinsaugen. »Nur zu. Keine falsche Bescheidenheit«, sagte er.

Nun gut, dachte Tjarko, zog mehrmals durch und verdrehte die Augen. »Heidewitzka«, keuchte er.

»Langsam, mein Sohn.«

»Ich bin nicht Ihr Sohn.« Tjarko sackte für einen

Moment in sich zusammen. Das hatte er nun nicht erwartet. Durch sein Hirn schien eine ganze Kolonne von Treckern zu donnern.

»Alles gut?«, fragte der Pastor.

»Mir ist schwindelig«, japste Tjarko.

»Das vergeht wieder. Hast du schon gefrühstückt?«

»Nö. Hab' keinen Hunger.«

Das war gelogen. Er hatte Hunger wie ein Bär. Ein ganzes Schwein hätte er vertilgen können. Lag bestimmt an dem Zauberkraut vom Pastor.

»Wunderbar.« Jacobs klatschte in die Hände. »In einer halben Stunde ist im Gemeindehaus Seniorenfrühstück. Komm doch mit rüber.«

»Nee, ich muss wieder los.«

»Ach, komm schon. Du bist gerade high, mein Guter. So kannst du kein Auto fahren. Und wir können unser nettes Gespräch von gestern fortsetzen.«

Tjarko stöhnte. »Ich bin wirklich in Eile.«

»Hat dein Vater dich besucht?«

Tjarko erstarrte. »Wie ... was meinen Sie damit?«

»Tu nicht so! Du bist doch nicht wegen Klaas gekommen.«

»Das wird mir jetzt echt zu blöd!«

Jacobs schälte sich aus seinem Schaukelstuhl.»Ich geh' mich schnell schick machen. Und dann gibt's Frühstück. Da bekommst du alle Antworten, die du suchst.« Er watschelte durch das Wohnzimmer und drehte sich um.»Und falls du aufstehen willst ... vergiss es. Ich versehe meine Joints gerne mit ein paar Pilzen.«

»Pilze?« Tjarko versuchte, einen Arm zu heben. Vergeblich. Der andere hing ebenso schlaff an ihm herunter.»Was habe ich da geraucht?« Dieses Kraut gehörte auf den Sondermüll aber bestimmt nie wieder in seine Lunge.

»Spezialmischung. Relaxierende Wirkung. Hab' ich von einem alten Schamanen. Bei mir wirkt das Zeug nicht mehr«, gluckste der Pastor und verschwand im Badezimmer.

Thorsten saß schlotternd in eine Decke gehüllt auf dem Küchensofa. In seinen Kopf herrschte gähnende Leere. Da war nichts außer ein paar blassen Bildern vom Hamburger Hafen. Und einem Bullen, der friedlich auf einer Weide graste.

Er verstand die Welt nicht mehr. Warum nannte ihn

die nette Dame andauernd Thorsten? War das wirklich sein Name?

»Nett von Ihnen, dass Sie mir helfen«, sagte er heiser.

»Hör auf mit dem Blödsinn«, erwiderte Nicole, setzte sich zu ihm und ergriff eine Hand. »Thorsten. Ich bin deine Frau.«

»Mm«, murmelte er. »Wo bin ich?«

»In Buckbuhr. Auf Tjarkos Hof.«

»Aha. Wer waren Sie jetzt nochmal?«

Nicole seufzte. Es hatte keinen Sinn. So wie ihr Mann aussah, musste er Schlimmes erlebt haben. Eine lange Wunde klaffte an der Stirn.

»Hattest du einen Unfall?«

Er hob die Schultern und starrte sie fragend an.

Nicole seufzte. Entweder verarschte er sie gerade nach Strich und Faden oder er litt an Gedächtnisverlust. Wäre jetzt nicht die schlechteste Idee, einen Arzt zu rufen.

»Ich gehe mal kurz telefonieren. Wenn du willst, mach dir 'nen Tee. Heißes Wasser steht direkt vor dir.«

Thorsten nickte und blickte der netten Frau nach, wie sie in den Flur huschte.

Nichts. Nicht einmal Rauschen kam aus dem Hörer. Entnervt legte Nicole auf. Sie kramte ihr Handy aus der Handtasche und fluchte. Akku alle. Hektisch wühlte sie in der Tasche herum. Wo verdammt nochmal war das Ladekabel? Thorsten brauchte Hilfe. Egal, was zwischen ihnen war. Der Kerl sah erbärmlich aus. »Kleinen Moment, ich such' mal nach meinem Ladekabel. Das Telefon ist tot«, rief sie in die Küche.

»Machen Sie sich keine Umstände«, erwiderte er und kramte im Küchenschrank herum. Musste ja ein dolles Zeug sein, dieser Tee. Blöd nur, dass er keine Ahnung hatte, was das war.

In den Schränken fand er keinen Tee. Nur tote Fliegen und einen Stapel Plastikschüsseln. Sein Blick wanderte nach oben. Moment ... da stand eine rote Blechdose. Weit nach hinten geschoben. Thorsten schob einen Stuhl vor die Küchenzeile. Seine Decke plumpste auf den Boden. Nackt wie er war, reckte er sich und griff nach der Dose. Volltreffer. »*Behrens*« glänzte in goldenen Buchstaben auf dem Blech.

Lesen gehörte nicht unbedingt zu seinen Stärken.

»Hallo. Ist dieser Tee in einer Dose?«

»Willst du mich verarschen?«, schallte es aus dem Flur. »Mach dir einen, vielleicht wirst du dann klar im Kopf.«

Nun ja, da hatte sie Recht. Etwas Zunder in der Birne konnte nicht schaden.

»Verdammter Mist. Wo ist nur dieses beschissene Kabel?«, zeterte Nicole.

Thorsten hob die Wolldecke auf, knotete sie um seine Hüften und öffnete den Deckel. Sah komisch aus, das Zeug. Na ja, was soll's. Er kippte eine Ladung aus der Dose in seine Handfläche. Sein erster, selbstgekochter Tee. Ohne Wasser allerdings eine recht trockene Angelegenheit.

Neugierig schnupperte er daran. Roch intensiv nach gar nichts. Er stopfte sich den Inhalt in den Rachen, hustete und wischte sich den Mund ab. Reizvoller Geschmack. Etwas mehlig. Bitter und leicht erdig im Abgang.

Nicole kam um die Ecke. »Mit dem Telefon stimmt was nicht. Und mein Handy hat auch den Geist aufgegeben«, seufzte sie.

»Ihr Tee ist nicht mehr gut«, erwiderte Thorsten und zeigte auf die Teedose. Brauner Sabber tropfte ihm von den Lippen.

»Wo hast du den denn gefunden?«, wunderte sie sich.

»Auf Ihrem Schrank.«

»Ach Gott. Habe ich beim Putzen ganz übersehen.« Nicole griff nach der Dose und stutzte. »Igitt. Das hast du getrunken?«

»Wieso?«

»Thorsten ... willst du mich verscheißern? Das ist alles, aber kein Tee«, sagte sie und stellte das Gefäß angewidert zurück.

Moin Schwiegersohn, brummte es in seinen Ohren.

»Ist noch jemand bei Ihnen?«, fragte er und sah sich irritiert um.

»Wie? Nein. Wir sind allein. Tjarko ist unterwegs.«

Ihr Mann lauschte. »Mm, eigenartig.«

»Setzt dich hin und entspann dich. Ich fahre mit dem Rad zu Ohling und rufe von da an.«

Urplötzlich verdrehte Thorsten die Augen nach oben. Bleckte seine Zähne und brummte: »Moin Tochter.«

»Hör auf mit dem Mist.«

»Moin ... moin ... moin«, kicherte er, taumelte rückwärts und plumpste auf das Sofa. »Da staunst du, was?«

»Thorsten, du machst mir Angst.«

»Gib mir einen Kuss. Ist lange her.«

Diese Stimme, dachte Nicole.

Ein mulmiges Gefühl breitete sich in ihrem Bauch aus. Ihr Mann kippte den Kopf auf seine Brust, grinste sie diabolisch an und knallte das Hinterhaupt mit voller Wucht an die Wand. Er verharrte eine gefühlte Ewigkeit in dieser Position. Öffnete seine Augen und lallte: »Hol den Schnaps.«

»Was soll ich?«

»Hol ... mir ... was zu saufen.«

Nicole rieb sich die Schläfen. Was geschah hier? Das war nicht ihr Mann, der vor ihr saß. Sie glaubte weder an fremde Mächte noch an andere unheimliche Dinge. Doch das hier war verdammt nochmal richtig furchteinflößend.

Mittlerweile war Thorsten eingeschlafen und brabbelte unverständliches Kauderwelsch.

»Thorsten?«, flüsterte Nicole und wünschte sich nichts sehnlicher als ihren Bruder an ihrer Seite.

Zehn grauhaarige Damen saßen um einen üppig gedeckten Tisch. Brötchen, Wurstauflage und Käsehäppchen. Fröhliches Geschnatter erfüllte den kleinen Gemeindesaal. Es duftete nach frischem Tee. Dazu eine leichte Note von billigem Parfüm. Einige Frauen strickten fleißig an Socken für ihre Enkel. Lugten über ihre Brillengläser hinweg, als sich die Tür laut quietschend öffnete.

»Willkommen in der Hölle«, flüsterte Jacobs grienend.

Tjarko taumelte hinter ihm her und blickte in die Runde. Das war definitiv schlimmer als die Hölle. Die meisten Rentnerinnen kannte er. Allesamt neugierige Schnattertanten.

»Moin die Damen«, trällerte der Pastor. »Ich habe Besuch mitgebracht.«

Hildegard stützte sich auf ihren Rollator und starrte Tjarko an. »Behrens«, murmelte sie.

»Kann ich mich setzen?«, bat Tjarko und ließ sich neben Hildegard auf einen Stuhl fallen.

»Ist dir nicht gut?«, fragte sie.

»Nee, irgendwie nicht. Kann mich kaum bewegen.« Sein Körper fühlte sich an, als ob man ihn mit Gelee vollgepumpt hätte. Nie wieder in seinem Leben würde er einen Joint rauchen.

»Sehr schön«, erwiderte sie und schnippte mit den Fingern. »Meine Damen! Wir können beginnen.«

»Womit?«, fragte Tjarko.

Jacobs legte eine Hand auf seinen Rücken.

»Frühstücken«, lachte er.

»Hab' keinen Hunger.«

»Essen Sie«, forderte ihn eine Dame auf und reichte ihm einen Teller mit Käse. »Es ist genug für alle da.«

Tjarko lehnte dankend ab. Hilde kniff ihn in eine Hand und lupfte die Haut nach oben. »Bist ja nur noch Haut und Knochen. Du musst stark sein für das, was kommt.«

Thea Huismann beugte sich über den Tisch. Ein ewiges Doppelkinn schwabbelte über ihrem Hals. Thea hatte vor Jahren die Ganztagsschule in Aurich bekocht. Ihre Gerichte hatten meistens im puren Fett geschwommen. Wie eine Gouvernante war sie durch den Speiseraum stolziert. Wer nicht aufgegessen hatte, dem klatschte sie noch eine Portion matschigen Kartoffelbrei auf den Teller. Viele Schüler hatten von dem Zeug Durchfall bekommen und kamen oft mit vollgeschissenen Hosen nach Hause. Irgendwann, nach vielen Protesten der Eltern, hatte ihr die Schule fristlos gekündigt. Obwohl sie nun in die Jahre gekommen war, hatte sie von ihrer Vehemenz nichts eingebüßt.

Sie stopfte Tjarko eine Handvoll Leberwurst in den Mund und griente. »Schön fein kauen, mein Lieber.«

Er würgte den fettigen Klumpen hinunter und hustete.

»Was soll das?«, frage er schmatzend.

Jacobs faltete die Hände. »Sie meinen es nur gut mit dir.«

Ebenfalls gut gemeint war eine Ladung Kartoffelsalat, die Thea ihm vor die Nase stellte. Er hasste dieses Zeug.

»Brav aufessen. Sonst müssen wir dich füttern«, forderte Hildegard.

Tjarko stocherte in der Pampe herum. Zehn Silberköpfe starrten ihn an. Er schob sich eine Portion in den Mund. Beinah wäre der ganze Schmodder wieder aus seinem Gesicht geflogen. Ohne zu kauen, quälte er den Salat durch seine

Speiseröhre.

Hildegard klopfte Tjarko auf den Rücken. »Schön runterschlucken.«

»Ich hab' genug.« Ein lauter Rülpser befreite sich aus seinem Magen.

»Der Teller muss leer werden. Sonst gibt es kein schönes Wetter.«

Na prima. Aus der Nummer kam er nicht mehr raus. Den Spruch kannte er von seiner Oma. War so etwas wie eine Warnung. Wenn du nicht aufisst, gibt's mächtig Ärger. Und den konnte Tjarko nicht gebrauchen. Er wollte so schnell wie möglich hier weg. Um das Elend abzukürzen, nahm er einen großen Löffel und schaufelte den Rest in sich hinein.

Hildegard schien zufrieden und nickte. »So ist's gut, mein Junge. Und jetzt kommt das Beste.«

Tjarko spürte seinen rasenden Puls bis in den Hals. Noch ein Happen und er würde auf das Parkett kotzen.

»Wirklich, ich kann nicht mehr«, keuchte er.

Hildegard schüttelte den Kopf. »Da wäre ich aber mächtig enttäuscht. Habe extra Vanillepudding mit Schlagsahne mitgebracht.«

Auch diese Speise würgte Tjarko unter strengen

Blicken mühsam hinunter.

Eugen klatschte in die Hände. »Alle fertig mit Essen?«

»Jawoll!«, kam es aus allen Kehlen gleichzeitig.

»Dann wollen wir beginnen«, erwiderte der Pastor.

Die Damen patschten entzückt in die Hände.

Rasch wurden die Vorhänge zugezogen. Zwei Frauen packten ihr Strickzeug beiseite und legten bemalte Holzbretter auf den Tisch.

Hildegard streckte ihre knochigen Finger aus. Mütterlich strich sie Tjarko über die Glatze. »Willst du mitspielen?«

»Ich muss gehen«, grantelte er.

»Herr Pastor, er will gehen!«

Von allen Seiten hämisches Gackern.

»Welche Farbe möchtest du?«

»Farbe?«

»Du kennst doch Mensch ärgere dich nicht, oder?«

»Äh. Ja. Ich hab' aber keine Lust.«

Hildegard tuschelte dem Pastor etwas ins Ohr. Der nickte, drückte Tjarko einen Würfelbecher in die Hand und forderte harsch: »Spiel!« Er schob ihm das Spielbrett hin.

Hildegard drehte ein Wasserglas um und platzierte es in der Mitte des Spielfeldes. Ein Alphabet war mit geschwungenen Buchstaben auf das Brett lackiert. Am unteren Rand ein goldenes Symbol. Irgendwie hatte Tjarko das Spiel anders in Erinnerung.

»Hat der Pastor gemalt. Ein Pentagramm. Schön, oder?«, trällerte sie.

Tjarko hatte nicht die geringste Ahnung, was sie damit meinte. Nun gut. Die Damen waren alt und schienen sich über Abwechslung in ihrem tristen Rentnerleben zu freuen. Und er wollte ja nicht unhöflich sein.

Er schüttelte den Becher und knallte die Würfel auf den Tisch.

»Sechs!«, jubelte Hildegard entzückt. »Und nochmal.« Tjarko würfelte. Wieder eine Sechs.

»Dreimal ist Ostfriesenrecht«, merkte Eugen an.

Na gut. Die anderen schienen Spaß an der Sache zu haben. Versammelten sich um Tjarko und starrten gebannt auf den Tisch. Gemächlich hob er den Würfelbecher.

»Eine sechs«, raunte es aus der Gruppe. »Dreimal die sechs.«

»Heilige Mutter Gottes. Er ist da«, krächzte Hildegard.

»Wer?«

Wortlos zeigte Hildegard auf das Glas. Langsam bewegte es sich über das Brett, verharrte kurz auf einem Buchstaben und rutschte weiter. »Joke«, buchstabierte Eugen. »Na, geht doch.«

»Sind wir jetzt fertig?« Tjarko schob den Stuhl nach hinten und war drauf und dran, aufzustehen. Grob drückte ihn der Pastor zurück. »Jetzt geht's erst richtig los«, meinte er.

Eugen schlüpfte in seine schwarze Robe, öffnete seinen Zopf und schüttelte die Haare. Nun sah er erst recht nicht wie ein Pastor aus. Eher wie Ozzy Osbourne auf Abschiedstournee. Fehlte nur noch eine Fledermaus.

»Hier ist er. Und hier war er«, flötete er mit lauter Stimme. »Und hier sucht er.«

»Moin Joke«, erscholl es im Chor.

»Komm zu uns, Joke Behrens. Zeig deinen Geist und erhebe dich vor uns.«

Wieder ein krächzendes »Moin Joke« vom Seniorenkreis. Gespanntes Gemurmel. Von vorn ertönte röchelndes Husten, gefolgt von einem leisen Pups.

Tjarko blickte verwirrt in die Runde. Von wegen netter Seniorenkreis. Eher eine verrückte Sekte. Hatte er mal im Dokukanal gesehen. Oder waren die alle schon besoffen? Bei Senioren durchaus möglich.

Nichts von alledem. Er war mitten in einer waschechten Geisterbeschwörung.

»Joke Behrens. Wenn du da bist, gib uns ein Zeichen«, sagte der Pastor mit beschwörender Stimme.

Nochmals ein fröhliches Moin aus der Runde.

Leises Grollen. Erst von links, dann von allen Seiten. Tjarkos Stuhl vibrierte.

»Moin Joke. Moin Joke«, donnerte es um ihn herum.

Zehn Damen erhoben die Arme. Wiegten sich ekstatisch hin und her. Einigen flutschte sogar ihr komplettes Gebiss aus dem Mund.

»Moin, du Schlappschwanz«, zischte es aus Hildegards Mund.

Eugen Jacobs lachte laut auf. »Er ist da!«

Frenetischer Applaus.

»Habe ich nicht nette Begleitung?« Hildegard grinste.

»Äh ... was?«, stotterte Tjarko.

»Ich red mit dir, du Volltrottel.«

»Halleluja!«, jauchzte Jacobs.

»Halleluja«, ertönte es im Chor.

»Ja, ja. Haltet mal euren Mund. Ich will mich hier mit meinem Sohn unterhalten«, keifte Jokes Medium.

Tjarko stand auf. Bloß raus hier! Er musste einfach nur raus aus diesem Irrenhaus.

»Glaubst du es immer noch nicht? Warte mal, ich beweise es dir.«

Hildegard packte ihren Rollator und hob ihn mühelos hoch. Ließ das Gefährt über dem Kopf kreisen und schleuderte es mit Karacho auf das Frühstücksbüfett.

Panisches Gekreische.

Jacobs stürzte sich auf Hildegard und zwang sie zu Boden. Klemmte ihren Kopf zwischen seine kurzen Beine und rief: »Geh aus ihr, Dämon!«

Fenster öffneten sich wie von Geisterhand. Papierservietten wirbelten durch die Luft. Die ersten Damen drängten kreischend Richtung Tür.

»Die Tür! Verschlossen!«, plärrte jemand hysterisch.

Stühle flogen umher. Dazwischen Wurstscheiben und Käsehäppchen. Ein Hörgerät zischte pfeifend an Tjarko vorbei.

»Geh, Joke. Geh aus ihr!«, schrie der Pastor.

»Wollt ihr eine Zugabe?«, dröhnte Hildegard.

Wie aus dem Nichts flatterte ein Schwarm Hühner an der Decke. Wild gackernd ließen sie ihre Notdurft auf die Gesellschaft hinabfallen.

Jacobs fummelte an seiner Halskette. Kramte ein Kreuz hervor und hielt es in die Luft. »Weiche von mir. Im Namen von ... ach was weiß ich.«

Gleißend helles Licht erfüllte den Saal. Tjarko hielt eine Hand vor die Augen. Eine Millisekunde später herrschte Totenstille.

Keine Hühner und fliegenden Wurstscheiben mehr. Nichts. Nur totales Chaos. Der Frühstückstisch sah aus, als ob eine Horde Wikinger darüber gelaufen wäre.

»Er ist weg«, flüsterte Thea Huismann.

»Behrens ist weg«, stimmten die anderen mit ein.

Keuchend zog sich Jacobs auf einen Stuhl und hob die Hände. »Meine Damen. Ich bitte um Ruhe.«

»Das war sein Dämon«, wimmerte es unter dem Tisch.

Hildegard blinzelte. »So eine Kraft habe ich noch nie gespürt.«

»Wir haben den Erlöser«, blökte Tine Meyer. Ihr Rock war nach oben gerutscht und entblößte graue Thrombosestrümpfe.

Tjarko war verwirrt. Sogar Tine Meyer schien vollkommen durchzudrehen. Gerade die Tine Meyer. Seine Klassenlehrerin. Immer vorbildlich und spießig. Schon damals war alles an ihr langweilig gewesen. Graue Haare, graue Haut, grauer Rock. Und nun sprang sie wie ein Derwisch auf und hob laut jauchzend die Arme nach oben.

»Halleluja. Der Erlöser«, stimmte der Rest mit ein.

Jetzt ist es so weit, dachte Tjarko. Er war reif für die Gummizelle.

Der Pastor nickte. Er stand auf und lächelte. »Keine Sorge. Alles der Reihe nach. Wir räumen gemeinsam auf und dann geht's mit dem Bus zum Behrenshof. Als Erfrischung gibt es einen Prosecco während der Fahrt.«

»Bravo!«, jubelte Hildegard.

Tjarko hatte die Schnauze gestrichen voll. Mit der flachen Hand schlug er auf den Tisch. »Kann mir mal jemand sagen, was das gerade war?«, brüllte er.

Jacobs stellte Hilde den Rollator vor die Füße. Sie

dankte und quetschte ihren knochigen Hintern auf die Sitzfläche. »Dein Vater. Wer sonst?«

»Ihr habt doch nicht alle Tassen im Schrank!«

Tine Meyer keifte: »Halt den Mund, Tjarko. Setzt dich vernünftig hin und pass auf.«

Einmal Lehrerin, immer Lehrerin.

»Entschuldigung, Frau Meyer«, murmelte er.

Hildegard schob ihr Gebiss mit der Zunge nach vorn. Nahm die Kauleiste in eine Hand und pulte Essensreste heraus. »Du bist noch grün hinter den Ohren. Aber das werden wir dir schon austreiben«, sagte sie, steckte ihre dritten Zähne zurück in den Mund und grinste. »Willst du noch einen Vanillepudding?«

Jammernd kauerte Enno im Vierfüßlerstand auf Ohlings Sofa. Er hatte seine Hose heruntergezogen und wagte es nicht, seinen Chef anzusehen. »Ist es schlimm? Sag mir die Wahrheit!«

»Mein Gott, deine Klöten sehen aus wie überreife Pflaumen«, staunte Rolf. »Elke, komm mal her. Das musst du dir ansehen!«

Ohlings Frau nahm ihre Schürze ab und musterte Ennos Gemächt. »Das sieht ja übel aus. Du brauchst einen Arzt.«

»Heute ist Mittwoch, Elke. Die Praxis hat dicht«, brummte ihr Mann.

Elkes Segelohren liefen rot an. »Dann ruf Fokko an, Du Idiot.«

Rolf Ohling blickte auf die behaarten Beine seiner Frau, die unter ihrem altbackenen Faltenrock hervorlugten und seufzte. Ihr zu widersprechen hatte keinen Sinn. Nützte ja nix.

Ohlings Sohn glotzte um die Ecke. Ungepflegt, wie alle Achtzehnjährigen. Und dieselben Segelohren wie seine Mutter.»Alter, was ist hier denn los?«, fragte er und wischte sich Chipskrümel von seinem Shirt.

»Ab nach oben mit dir!«, zischte Elke.»Das ist nur was für Erwachsene.«

»Ja, Mama«, erwiderte er.

Krasse Sache. Seine Eltern waren ja drauf. Sah aus wie eine Sex-Party. Das musste er seinen Kumpels erzählen. Mit großen Schritten stürzte er die Treppe nach oben. Setzte sich vor seinen Computer und schnappte sich das Headset.

»Jungs«, blökte er.»Meine Alten haben 'nen Swinger Club!«

Währenddessen blickte Elke ihren Mann an.»Ja, was ist denn nun, du Trantüte? Hol Münnings her.«

Enno riss die Augen auf.»Tierarzt? Ihr spinnt doch wohl. Ich muss ins Krankenhaus!«

»Sei still. Arzt ist Arzt«, sagte Ohling und zückte sein Handy.

Mit lautem Geknatter fuhr ein Mofa auf den Hof.

»Da kommt Klaus! Sehr gut. Der kennt sich mit sowas aus«, sagte Rolf und riss ein Fenster auf.»Hey Lüders, komm mal rein. Wir brauchen deinen Rat.«

Kurze Zeit später setzte Lüders seine Brille auf die

Nase und seufzte. »Oha. Wer war das denn?«

»Behrens«, krächzte Enno heiser.

»Ich würde 'nen Arzt rufen.«

Rolf nickte. »Gerade erledigt.«

»Von wegen Arzt!«, jammerte Enno. »Münnings kommt. Nicht dass der mir seinen Arm in den Arsch schiebt.«

»Da gibt es einen Trick. Hilft bei einem Eber auch. Darf ich mal?« Lüders griff dem Knecht mitten in sein Gemächt.

Der jaulte laut auf.

»Lass mal. Vielleicht muss das amputiert werden«, merkte Elke an.

Enno hatte dicke Schweißperlen auf der Stirn. Ihm war alles egal. Seine besten Stücke waren inzwischen so groß wie Boßelkugeln. »Die platzen gleich, verdammt«, heulte er.

Elke eilte in die Küche und kam mit einer Schüssel Eiswürfel zurück. »Das muss gekühlt werden«, sagte sie. »Setz dich hin und häng deine Eier da rein.«

Fokko Münnings staunte nicht schlecht über den Anblick, der sich ihm in Ohlings Stube bot. Enno hockte im Schneidersitz über einer Plastikschüssel und heulte wie ein Seehund. Fokko lachte kurz auf und schüttelte den Kopf. Rieb sein unrasiertes Kinn und murmelte leise: »Kein Problem.«

»Wie, kein Problem?«, stotterte Enno.

»Das ist nur eine Prellung. Harmlos, aber schmerzhaft.«

»Na, dann gib mir was. Die Dinger brennen wie Feuer.« Elke blickte Enno tadelnd an. »Sei nicht so unfreundlich zum Doktor.«

Münnings winkte ab. »Alles gut. Der Kerl steckt voller Adrenalin.«

»Was hab ich? Ist das schlimm, dieses Aladin?«, heulte Enno.

Fokko kramte wortlos in seinem Koffer herum und holte eine Dose hervor.

»Was ist das für ein Zeug?«, fragte Enno ängstlich.

»Eutersalbe«, erwiderte der Tierarzt und schmierte ihm kurz darauf eine große Portion auf das Gehänge.

Rolf stand stinksauer auf dem Hof und blickte Enno nach, der breitbeinig sein Fahrrad davon schob.

»Kann er nachher wieder arbeiten?«

Fokko schüttelte den Kopf. »Das wird ein paar Tage dauern.«

Elke lugte aus der Tür und klatschte in die Hände.

»Männer, ich hab' Tee gekocht!«

»Behrens, dieser Arsch«, knurrte Rolf wütend. »Ich mach den Kerl fertig.«

»Aber vorher gibt's eine Tasse Tee«, sagte Fokko und schob den wutschnaubenden Schweinezüchter ins Haus.

Kehren wir zu dem Verursacher von Ennos drohender Unfruchtbarkeit zurück.

Tjarko starrte argwöhnisch auf den grün lackierten Kleinbus, der vor dem Gemeindehaus stand. Die Karre sah nicht besonders vertrauenswürdig aus. Rostflecken verteilten sich über die gesamte Karosserie.

»Das ist unser Laubfrosch«, bemerkte Jacobs.

»Leistet uns schon seit Jahren treue Dienste.«

»Muss ich mitfahren?«, fragte Tjarko.

»Natürlich. Es gibt kein Zurück mehr, mein Sohn.«

Eugen schob ihn energisch Richtung Bus.

Missmutig stieg Tjarko ein und starrte über die gefüllten Sitzreihen. Langsam lief ihm die Zeit davon. Aber er hatte keine Chance. Tine Meyer packte ihn entschlossen am Arm und dirigierte ihn sanft aber bestimmt durch den Bus. Hier drinnen nagte der Zahn der Zeit. Grünkarierte Sitze und ein muffiger Geruch, der Tjarko an Klassenfahrten erinnerte. Aber er war jetzt nicht auf einem beschissenen Schulausflug. Hier saßen zehn gackernde Silberköpfe, die allesamt nicht alle Tassen im Schrank hatten.

Der Fahrer stieg ein. Tjarko stutzte, beschloss aber, sich am besten über gar nichts mehr zu wundern.

Lautes Gefiepe von einem Mikrofon.

»Moin. Wer mich noch nicht kennt ... Ich bin Hassan, euer Busfahrer. Ihr könnt mich auch Hassi nennen«, krächzte es über den Lautsprecher. Hassan hatte seine schwarzen Haare mit Pomade nach hinten gekämmt.

»Moin Hassi«, grüßte der Seniorenkreis Buckbuhr zurück. Tjarko saß auf der Rückbank, flankiert von Hildegard und zwei anderen Damen.

»Was macht der denn hier?«, murrte Tjarko.

Die Dame vor ihm drehte sich grinsend um. Beate Reinders aus Simonswolde. Es konnte nicht schlimmer kommen. Die hatte er im Gemeindehaus nicht ohne Grund übersehen. Die übelste Schnattertante von ganz Ostfriesland. Steckte schon immer ihre Nase in Dinge, die sie nichts angingen. Billiger Modeschmuck baumelte an ihren ausgeleierten Ohrläppchen. Im Mund gammelten ihre letzten Zähne vor sich hin. Jauchiger Geruch stieg in Tjarkos Nase.

»Der Hassan war Busfahrer in Afrika. Das macht er hier alles ehrenamtlich«, sagte sie.

Hassan zeigte sein blendend weißes Gebiss und winkte.

»Hach, er ist so ein netter Mann. Wenn mal alle so wie der Hassan wären.«

»Pfff«, machte Tjarko.

»Von dem kannst du dir eine Scheibe abschneiden«, fauchte sie und drehte sich pikiert um.

»Das sind Gertraud und Mathilde«, stellte Hilde ihre Sitznachbarinnen vor.

Als ob er die dicken Tanten nicht kannte. Gertraud wurde im Dorf nur Frau Chaplin genannt. Über ihren Lippen prangte ein stattlicher Damenbart. Um Mathilde machten die meisten einen großen Bogen. Hochtoupierte Haare und dicke Klunker um den Hals. Klein und kompakt mit überdimensionalem Busen. In jungen Jahren begann sie das Kartenlegen. Bot sich sogar auf Schützenfesten an. Tjarkos Mutter war der festen Überzeugung gewesen, sie würde mit dem Teufel gemeinsame Sache machen.

Typisches Dorfgeschnatter.

Mathilde streckte ihm ihren üppigen Vorbau entgegen. »Du bist ein kräftiger Kerl geworden«, meinte sie. »Früher warst du so ein zierlicher Junge.«

Tjarko verdrehte die Augen. Für ein höfliches Lächeln hatte er gerade nichts übrig. Warum auch? Er befand sich in einem nicht enden wollenden Albtraum. Und wartete nur darauf, endlich geweckt zu werden.

Mathilde reichte ihm ein Pappschild und eine Rolle Klebstreifen. »Wenn du so freundlich wärst, das am Rückfenster anzubringen?«

Irritiert musterte er das selbstgemalte Plakat. »Die Hexen aus Buckbuhr« prangte in bunten Buchstaben darauf. Tjarko kniete sich auf den Sitz und pinnte es an die Scheibe.

»Und noch einmal Moin von eurem Hassi. Der Pastor sagt, wir hätten noch ein wenig Zeit für eine kleine Fahrt ins Grüne.«

Frenetischer Applaus ließ den Bus erzittern.

Jacobs hangelte sich nach vorne und griff nach dem Mikro.

»Hallo meine Damen. Nun ist es so weit. Lange haben wir auf diesen Tag gewartet.«

Einige Damen klatschten.

»Wir sind früh dran. Hassan fährt mit uns noch eine Runde durch die schönsten Ecken Ostfrieslands. In Greetsiel legen wir eine kleine Mittagspause ein. Und dann geht's zum ...« Jacobs nickte auffordernd.

»Behrenshof, Behrenshof«, schallte es zurück.

Hildegard griente. »Du siehst nicht gerade zufrieden aus!«

»Alles gut. Ich wache gleich auf und gehe melken.«

»Er hält das alles für einen Traum«, kicherte Mathilde.

»Ein typisches Dämonentrauma«, fügte Gertraud hinzu. Hildegard boxte ihr mit einem Ellenbogen in die Seite. »Lass ihn. Das ist normal. Kannst du dich an die letzte Austreibung erinnern?«

»Oh jaaa«, rief Gertraud. »Der Kerl ist nackig weggelaufen. War ein Mordsspaß, ihn wieder einzufangen.«

Tjarko zuckte zusammen. Wenn das hier kein Traum war, steckte er ganz schön in der Scheiße. Mitten unter ein paar durchgeknallten Rentnern. Weiß der Geier, was in deren grauen Köpfen vorging. Thea Huismann, stellvertretende Vorsitzende der Buckbuhrer Hexen, stand auf und grölte: »Zicke Zacke, Zicke Zacke ...!«

»Geisterkacke«, donnerten zehn Damen.

Tjarko seufzte ergeben und drückte den Kopf in das Polster.

Rolf Ohling knallte scheppernd seine Tasse auf den Tisch. Selbst der zehnte Tee brachte ihn nicht zur Ruhe. Noch nicht mal den berühmten Streuselkuchen seiner Frau hatte er angerührt. Er war stinksauer. Hatte es mit dem Behrens nur gut gemeint. Und bekam als Dank einen Knecht mit polierten Eiern zurück. Wutschnaubend schmiss er seinen Stuhl um und stapfte aus dem Haus.

»Was ist denn mit dem los?«, fragte Klaus.

Münnings schnippte einen Kandiszucker in seinen Tee und hob eine Augenbraue.

Von draußen ertönte lautes Gepolter.

»Ich seh mal nach ihm«, sagte Fokko. »Elke, dein Kuchen ist einzigartig.«

Elke lächelte verkniffen und schaute besorgt aus dem Fenster. Ihr Gatte astete eine Schubkarre voller Milchkannen zu seinem Hänger.

»Rolf. Was ist los mit dir?«, fragte Fokko.

»Ich hab' die Schnauze gestrichen voll. Ich mach' den Kerl fertig.«

»Mit Milchkannen?«

»Karbid! Ich knall dem Kerl ein paar Deckel vor den Bug.«

Rolf war ostfriesischer Meister im Karbidschießen. Dazu füllte man Calciumcarbid und Wasser in eine Kanne, zündete das Gemisch an ..., und die Blechdinger verwandelten sich in gefährliche Geschosse. Ohlings Deckel flogen kilometerweit.

»Rolf, können wir das nicht anders klären?«

Ohling beachtete den Tierarzt nicht, koppelte den Hänger an seinen Trecker und stieg wutschnaubend in die Fahrerkabine. Laut blubbernd begrüßte ihn der alte Diesel. Und eine durchdringende Stimme. Mitten in seinem Hirn.

»Wag es, du Schweinehirte!«

Rolf Ohling stutzte. Trat die Kupplung und legte den ersten Gang ein. Der Trecker ruckelte.

»Dreckskarre!«, fluchte er. Unvermittelt schoss der Trecker nach hinten und krachte mit lautem Getöse in einen Schuppen.

Fassungslos starrte Ohling auf den Schaltknüppel. Seine Beine kribbelten, als ob eine Armee Ameisen durch die Muskeln marschierte. Er starrte geschockt auf seinen rechten Fuß, der wie ferngesteuert mit ganzer Kraft das Gaspedal durchtrat.

Der Traktor holzte vorwärts und kam in einem frisch gepflügten Acker zum Stehen. Milchkannen flogen polternd vom Hänger und kullerten Richtung Schweinestall.

Ein hochexplosives Gemisch. Jetzt fehlte nur noch ...

Feuer!

Eine Möwe zog unter den schweren Wolken ihre Runden. Den Bauch voll mit vergammelten Fischresten vom Emder Hafen. Ein verdauungsförderndes

Festmahl. Und als sie über den Ohlinghof segelte, ließ sie einen Klumpen aus ihrem Hinterteil fallen, der wie ein Meteorit hinabsauste und in eine vollgelaufene Regenrinne von Ohlings Schweinestall platschte. Die Rinne schwappte über. Ein Schwall Wasser traf auf eine alte Steckdose. Leises Knistern folgte. Kleine Funken züngelten aus den maroden Kabeln. Und wie es der Zufall so wollte, schlugen sie auf einen Stapel Strohballen über, der kurz darauf lichterloh brannte.

Fokko schrie laut:»Deckung!«, und warf sich auf den Boden.

Rumms!

Die erste Kanne explodierte. Der Deckel sauste über den Hof und donnerte in Ohlings Küchenfenster.

Seine Frau stürzte heraus.»Bist du verrückt geworden?«

Das zweite Geschoss flog in das Klofenster. Surrte über die Kloschüssel hinweg durch den Raum. Durchbrach mühelos die Tür, flog weiter Richtung Wohnzimmer und krachte ungebremst in den nagelneuen Fernseher.

Ein Meter Bilddiagonale. Hochauflösend.

Zwei weitere Geschosse trafen eine Hofkatze und ein Dutzend Küken, die im Außengehege munter durch die Gegend tapsten. Währenddessen sprintete Münnings zu den Strohballen, zog sich im Laufen die Jacke aus und schlug wie ein Irrer auf das lodernde Feuer ein.

Rolf sprang vom Trecker und ging auf die Knie. »Das hab ich alles Behrens zu verdanken«, keifte er. Er sprang auf und ruderte wild mit den Armen. Als ob er Mücken verscheuchen würde. Wie ein aufgescheuchtes Huhn hüpfte er über den Acker und schien etwas wegjagen zu wollen. »Ich mach euch alle fertig, ihr dämlichen Kuhhirten!«

Seine Frau stand mit Klaus Lüders auf dem Hof und beobachtete unbeeindruckt das bizarre Schauspiel ihres Göttergatten.

»Was hat der denn?«, fragte Klaus und verschränkte die Arme vor der Brust. »Hat der einen Geist gesehen?«

»Keine Ahnung«, erwiderte Elke. »Ich glaube, er braucht ein paar Tage Urlaub.«

Gemächlich kurvte Hassan mit dem Kleinbus Richtung Küste. Kurz vor Greetsiel fingen die Damen an zu jubeln.

»Die Zwillingsmühlen!«

Hildegard tippte Tjarko an. »Hier war eine ganze Familie am Spuken. Hat uns zwei Jahre Arbeit gekostet.«

Der Bus stoppte. Stau vor Greetsiel. Wie immer. Eine Blechkarawane von Urlaubern drängte sich auf den Parkplatz.

»Meine Damen, wir stecken in einem Stau. Kann ein wenig dauern«, kündigte Hassan an. »Dafür scheint jetzt wenigstens die Sonne.«

»Die hat uns der Himmel geschickt«, bemerkte Eugen.

»Wie dem auch sei«, fuhr Hassan fort. »Ich hoffe, ihr haltet noch ein wenig aus.«

»Ein Witz, Hassan!«, kreischte Mathilde übermütig.

Hassan lächelte verlegen.

»Hassi! Hassi!«, dröhnten die Seniorinnen.

»Sie lieben den Kerl«, schwärmte Mathilde.

Hassi legte los: »Was heißt impotent auf Plattdeutsch?« Leises Gekicher aus den hinteren Sitzreihen.

»Na, meine Damen. Keine falsche Müdigkeit

vortäuschen. Wer weiß die Antwort?«

Gertraud, die Frau mit dem Damenbart, hob ihre Hand. »Klötenlahm«, sagte sie.

Albernes Gegacker schrillte durch den Bus.

Genervt verdrehte Tjarko die Augen. Nur Bekloppte.

Ein paar Witze später fuhr der Bus auf einen Parkplatz.

»Mittagspause, meine Damen«, sagte Jacobs.

Hektisches Gerangel an der Tür. Tjarko atmete tief ein. Jetzt oder nie. Bloß weg hier.

Pustekuchen.

Hildegard drängte sich an ihn heran und hakte sich unter. »Na, junger Mann. Du willst doch nicht etwa abhauen?«

»Ich ... äh ... nö«, stotterte er.

Laut brabbelnd trottete ein Pulk Seniorinnen, angeführt vom Pastor, Richtung Greetsieler Hafen. Vorbei an urigen Fischerhäuschen, gemütlich anmutenden Restaurants und Souvenirläden. Das letzte Mal war Tjarko mit Nicole und seinen Eltern hier gewesen. Einer der seltenen Familienausflüge, die sein Vater mit ihnen gemacht hatte. Und damals wie heute drängelten sich Touristen wie Heuschrecken durch die engen Gassen. Greetsiel war das ostfriesische Disneyland. Alles war unecht an diesem Ort. Zudem laut und garantiert ohne Ostfriesen. Abgesehen von den zehn Seniorinnen, ihrem skurrilen Pastor und Tjarko Behrens. Die Buckbuhrer Rentnerhorde schaufelte sich wie ein Bulldozer durch die Menschenmenge. Ohne Rücksicht auf Verluste. Wenn ihnen jemand im Weg stand, fuhren die Damen ihre Ellenbogen aus. Familien mit Kinderwagen änderten voller Ehrfurcht ihre Richtung, als sie den Seniorenpulk erblickten. Tjarko wirkte wie ein Riesenbaby unter den mickrigen Damen. Glotzte genervt auf zehn Weißköpfe und ließ sich von der Meute über das Kopfsteinpflaster schieben. Vor einer Eisdiele blieben die Damen stehen und applaudierten entzückt, als kurze Zeit später Jacobs mit einem Tablett voller Eisbecher herauskam.

Hildegard lutschte ihren Plastiklöffel ab, schaufelte eine Ladung Zuckerzeug darauf, die sie Tjarko in den Mund stopfte.

»Malaga«, sagte sie.»Meine Lieblingssorte.«

Er würgte die klebrige Masse hinunter. Schmeckte

ein wenig nach Minze.

»Ich hoffe, dich stört meine Haftcreme nicht. Mein Gebiss fällt mir sonst raus.«

Schlimmer konnte sein Traum nicht mehr werden. Das war der absolute Horror!

Jacobs lugte auf seine Uhr. »So, die Damen. Wir sehen uns noch schnell die Fischerbötchen an, und dann gehts zurück zum Bus.«

Malagaeis mit Haftcreme. Fischerboote. Die Geschichte wurde immer verrückter. Und es gab kein Entkommen. Auf dem Rückweg wurden noch schnell ein paar Souvenirs eingekauft. Kleine Stoffseehunde und Plastikleuchttürme.

Hassan öffnete die Tür und half den aufgekratzten Damen in den Bus.

Pastor Jacobs zählte seine Schäfchen durch, nickte zufrieden und ergriff das Mikrofon. »So, alle da?«

»Jaaaaa!«

»Seid ihr bereit?«

Zustimmendes Blöken.

Jacobs nickte Hassan zu.

»Dann los. Aber bitte Vollgas.«

Mit leerem Blick stapfte Rolf Ohling zu seinem Mähdrescher. Schwang sich mit einem irren Kichern hoch, startete den Motor und setzte zurück.

»Ist der bescheuert?«, fragte Klaus. »Was hat der vor?«

Münnings fuchtelte wild mit den Armen. Jetzt drehte Rolf komplett durch. Burnout. Nicht selten bei gestressten Landwirten.

Rolf fuhr geradewegs auf Elke zu, die wie hypnotisiert auf den Mähdrescher starrte.

Im letzten Moment riß Klaus Lüders sie zur Seite und rollte mit ihr in Richtung Misthaufen.

»Was steht ihr da so rum? Folgt ihm!«, brüllte Elke.

Lautes Krachen. Rolf hatte den Wagen vom Tierarzt gerammt und machte nun Lüders' Mofa mit den riesigen Rädern dem Erdboden gleich. Er bog in die Hofeinfahrt ein und präsentierte aus der Kabine einen gestreckten Mittelfinger.

»Der fährt zu Behrens!«, brüllte Fokko.

Klaus sprintete zum Traktor, koppelte den Hänger ab und sprang auf den Sitz.

Ohling gab Vollgas. Bretterte mit seinem Monstrum mühelos über den Feldweg. Passierte das alte

Spritzenhäuschen der Freiwilligen Feuerwehr. Oberlöschmeister Snitjer war gerade dabei, ein Bündel Schläuche auseinanderzuknoten. Dröhnend raste der Mähdrescher an ihm vorbei.

»Spinner«, brummte Snitjer.

Ein Trecker folgte. Verlor kurz die Kontrolle und verpasste dem nagelneuen Feuerwehrwagen eine prächtige Beule. Goldensteins Prunkstück. Auf das Ding hatten er und seine Kameraden jahrelang gewartet. Lüders ging voll in die Eisen, der Trecker drückte den Löschwagen mühelos zur Seite und raste weiter.

»Saftsack«, brüllte Snitjer.

Wutentbrannt lupfte er seine Hose über die imposante Wampe und zückte sein Handy.

»Guten Tag. Snitjer hier. Ich hab' hier verrückte Landwirte«, sagte er keuchend.

»Ach, ich hoffe, Sie rufen nicht aus Buckbuhr an?«

»Na und wenn? Einer hat unseren Feuerwehrwagen völlig demoliert!«

»Aha«, brummte es aus dem Hörer.

»Wissen Sie gar nicht, mit wem Sie es zu tun haben?«

»Und wenn Sie der König von Tasmanien sind.

Wir haben weiß Gott andere Sachen zu tun.«

Snitjers Gesichtsfarbe ging in ein dezentes Dunkelrot über. »Ich bin Pressesprecher der Feuerwehr. Das wird ein Nachspiel haben!«

»Dann stecken Sie sich Ihren Notruf sonstwo hin.«

Den Blick nach vorne gerichtet, trat Klaus Lüders die Kupplung und schaltete einen Gang höher. Brachte den alten Traktor auf Spitzengeschwindigkeit. Fünfundzwanzig Kilometer die Stunde. Rolf Ohling gewann immer mehr an Vorsprung. Mit der rostigen Kiste hatte Lüders nicht den Hauch einer Chance. Doch er musste Ohling aufhalten. Koste es, was es wolle.

Mittlerweile donnerte Ohlings Ungetüm über die Buckbuhrer Dorfstraße. Mähte einen frisch lackierten Jägerzaun nieder, der sogleich von dem Häcksler zu Mulch verarbeitet wurde. Ohling riss verschreckt die Hände vom Lenkrad. Der Mähdrescher scherte aus und bretterte geradewegs auf den Sportplatz zu. Rolf stieß einen stummen Schrei aus. Zum Bremsen war es zu spät. Mit Vollgas in das Kreisligaspiel hinein. Buckbuhr gegen Simonswolde. Zweiundzwanzig verdatterte Männer glotzten ungläubig auf den

Mähdrescher, der mit Riesengetöse über das Grün donnerte.

»Ey, du Spinner. Wir liegen in Führung«, brüllte der Trainer der Simonswolder Mannschaft.

Rolf Ohling hielt auf ein Tor zu und zermalmte es mühelos unter den Rädern. Ein beleibter Schiedsrichter pfiff wie ein Wilder mit seiner Trillerpfeife und fuchtelte mit einer roten Karte herum. Rolf blickte nach hinten, riss den Lenker herum und raste über das Spielfeld.

Lüders war Ohling auf den Fersen. Mit Feingefühl rumpelte er durch die Kurve. Erspähte den Mähdrescher, der vom Fußballplatz wieder auf die Straße fuhr. Hinter Ohling ein Pulk von aufgebrachten Spielern. Die allerdings gaben nach einigen Metern auf und fielen keuchend zu Boden. Typisch Freizeitkicker. Allesamt Kettenraucher.

Klaus Lüders war sich sicher: Der Spinner schien zu allem entschlossen.

Rolf kicherte. Niemand konnte ihn aufhalten. Noch nicht mal dieser dämliche Besamer. Der Tag der Rache war gekommen.

Beinahe verpasste er die Einfahrt zum Behrenshof.

Ging voll in die Eisen, und der Mähdrescher kam ruckartig zum Stehen.

Lüders brüllte erschrocken auf und machte ebenfalls eine Vollbremsung. Er starrte Ohling an, der aus seiner Fahrerkabine hüpfte, ihn hämisch angrinste und in der Dunkelheit verschwand. Lüders wollte ihm nach, blieb aber mit einem Schnürsenkel am Schaltknüppel hängen. Zerrte an seinem Bein. Befreite sich, stürzte nach unten. Sein linker Ärmel hing an der Fensterkurbel fest. Verdammt. Was 'ne Scheiße. Fluchend blickte er zurück. Ein Kleinbus bremste hart und stoppte einen Meter vor ihm.

Hassan drückte auf die Hupe.»Mein Gott, was hat der denn vor?«, fluchte er.

Ungelenk hangelte sich Eugen Jacobs durch die Sitzreihen nach vorne.»Was ist los?«

»Landwirte. Wie immer. Dieser dämliche Trecker blockiert die Straße.«

»Er tut alles, um uns aufzuhalten«, murmelte Jacobs und schnappte sich das Mikrofon.»Meine Damen, wir müssen leider aussteigen. Und vergesst eure Regenschirme nicht.«

Aufgeregtes Gewimmel im Bus. Tjarko blickte verschlafen um sich. Irgendwo zwischen Greetsiel und Emden musste er eingepennt sein. Das monotone Gebrabbel der Damen hatte ihn wohl in den Schlaf gewiegt.

»Was ist denn?«, fragte er verwirrt.

»Los, los, junger Mann. Der Spaß geht jetzt erst richtig los«, kicherte Hildegard und hakte ihn zusammen mit Mathilde unter.

»Moin Lüders«, grüßte Tjarko, umgeben von zwitschernden Seniorinnen.

»Hilf mir mal lieber, du Flachpfeife«, zischte Klaus und zerrte keuchend an seinem Ärmel

»Keine Zeit, keine Zeit«, säuselte Hilde und stieß Tjarko ihren Rollator in die Hacken.

DOPPELKORN

Tjarko, endlich!«, rief Nicole erleichtert und stürmte zur Haustür. Blass und mit dunklen Ringen unter den Augen lächelte er sie müde an.

»Hast du wieder gesoffen?«

»Wünschte, ich hätte es getan.«

Lautes Geschnatter hinter ihrem Bruder. Nicole reckte neugierig den Hals.

»Ich hab' Besuch mitgebracht«, brummte Tjarko.

Hildegard drängte sich mit ihrem Rollator an ihm vorbei.

»Moin«, grüßte sie. Hinter ihr schob sich der Rest des Seniorenkreises Buckbuhr durch die Tür. Die Damen grüßten nacheinander freundlich mit einem lautem: »Moinsen«, und strömten in den Korridor. Als Schlusslicht latschte Pastor Jacobs ins Haus.

Tjarkos Schwester stierte verdutzt auf die schnatternde Meute. »Was ist hier los?«

»Frag besser nicht«, winkte er ab. »Ist 'ne lange Geschichte.«

Jacobs pfiff durch die Finger und bat die Damen um Ruhe. Mit feierlicher Miene erhob er seine Stimme: »Ihr wisst, was zu tun ist. Mathilde, Thea, Gertraud, Tine. Ihr sucht im Obergeschoss. Der Rest bleibt hier unten.«

»Jawoll«, riefen die Damen begeistert, stellten sich in einen Kreis und legten ihre Hände übereinander.

»Auf ein Neues«, trällerten sie.

Kurze Zeit später flitzte der erste Trupp in das obere Stockwerk. Trupp zwei rannte an Tjarko und Nicole vorbei und verteilte sich in den unteren Räumen.

Hildegard schob ihren Rollator vorweg und nickte zum Gruß.

Nicole schüttelte den Kopf. »Was in Gottes Namen soll das hier?«, murmelte sie.

Jacobs löste seinen Zopf, kämmte mit seinen Wurstfingern durch das strähnige Haar und blickte sich um. »Wir brauchen nicht lange. Entspann dich.«

Entspannen? Na, der war ja lustig. Stundenlang hatte sie in der Küche gesessen und gewartet. Kam fast um vor Sorgen. War sich sicher, dass Tjarko unterwegs war, um sich die Kante zu geben. Und dann kam der Kerl nach Hause und schleppte einen ganzen Harem säuerlich riechender Seniorinnen hinter sich her.

Hildegard staunte nicht schlecht, als sie in die Küche kam. Ein splitterfasernackter Kerl, äußerst gut gebaut, lümmelte auf dem Sofa. Glotzte sie mit glasigen Augen an, fuhr hoch und reichte artig eine Hand.

»Guten Tag«, sagte er. »Können Sie mir sagen ...«

»... wo ich hier bin?«, ergänzte Nicole. Mit verschränkten Armen stand sie in der Tür. »Setz dich hin und halt endlich deinen Mund.«

Tjarko stapfte in die Küche. Blieb wie angewurzelt stehen und schnaufte. »Was macht der Arsch hier?«, motzte er.

»Ich kann alles erklären«, stotterte Nicole.

Tjarko hatte kein Interesse an dummen Ausreden. Warum auch? Die Sache war sonnenklar. Sein dämlicher Schwager war hier. Hatte die Gelegenheit schamlos ausgenutzt. Nicole mit Entschuldigungen zugekleistert. Und sie dann hier, in seiner Küche, auf dem Sofa flachgelegt.

Mit geballten Fäusten stürmte Tjarko voran.

»Guten Tag«, grüßte Thorsten und grinste blöd.

Nicole stellte sich schützend vor ihn.

»Lass mich vorbei. Ist schon klar. Während ich den schlimmsten Tag meines Lebens habe, pimperst du mit diesem Vollpfosten«, polterte Tjarko mit hochrotem Kopf.

Grienend beobachtete Thorsten das Treiben und kratzte sich an seinem Gehänge.

»Sieh ihn dir an«, flehte Nicole. »Er ist ... anders.«

»Anders? Ein notgeiles Arschloch ist er!« Grob drückte er seine Schwester zur Seite.

Hildegard stieß ihm ihren Lenker in die Flanke.

»Er ist ein Untoter«, zischte sie.

»Aua!«, beschwerte sich Tjarko und rieb sich die Seite.

»Ein Untoter«, wiederholte Hildegard mit irrem Blick. »Verloren zwischen dem Jenseits und dieser Welt.«

Tjarko knurrte. »Diesen Scheiß muss ich mir schon den ganzen Tag anhören.«

Lautes Geschepper ertönte aus dem Wohnzimmer. Die Damen schienen sein ganzes Haus auf den Kopf zu stellen.

»Mir reicht's. Kann mir jemand bitte mal erklären,

was ihr hier sucht?«

»Mach dich locker, Behrens«, flüsterte der Pastor. Er stellte sich auf die Zehenspitzen, legte Tjarko eine Hand auf die Schulter und nickte. »Wir suchen deinen Vater.«

»Was ist mit Papa?«, fragte Nicole.

»Guten Tag. Können Sie mir sagen, wo ich bin?«, quakte es vom Sofa.

»Ich kann es nicht mehr hören«, seufzte Nicole. »Seit Stunden hat er 'nen Sprung in der Platte.«

»Wer?«, warf Thorsten ein.

»Hört ihr? Seit heute Morgen geht das so!«

»Gebt mir was zu saufen«, keifte ihr Mann. »Was seid ihr nur für 'ne lahme Truppe!«

»Klingt wie Papa«, flüsterte Tjarko.

»Ach was? Der Kerl macht mir Angst. Das geht doch nicht mit rechten Dingen zu.«

Rechte Dinge? Nicole war auf einem Bauernhof groß geworden. Glaubte nur das, was sie sah. Und genau diese Einstellung bereitete ihr jetzt mehr als Unbehagen.

Jacobs runzelte die Stirn. Er hob seine Robe und pulte ein kleines Lederetui hervor. »Hildegard. Ich brauche deine Hilfe.«

»Jetzt schon?«, fragte sie überrascht.

Jacobs legte das Täschchen auf den Tisch und rollte es vorsichtig aus. »Mein Notfallset«, bemerkte er stolz.

»Silberkreuz, Weihwasser und ein Schokoriegel.«

Tjarko hatte die Schnauze gestrichen voll. Schokoriegel. Weihwasser. Er wollte nur seinem Schwager eine reinhauen, mehr nicht. Hildegard drängte sich an ihn heran und setzte sich auf ihren Rollator. »Eine Bewegung, und ich pfeffere dir das Ding in die Klöten«, warnte sie.

»Wisst ihr, während einer Austreibung habe ich immer so unsagbaren Appetit auf was Süßes.« Jacobs nahm das kleine Kreuz aus dem Etui. »Lasst mich zu der armen Seele.«

Tjarko tippte sich mit dem Zeigefinger an die Stirn.

»Ach, ihr denkt, wir sind verrückt?«, kicherte der Pastor. »Na, dann passt mal auf.«

Thorsten öffnete den Mund. Brabbelte unverständliches Zeug. Und ... kraulte sich an den Eiern.

»Das machen Dämonen immer so«, sagte Hildegard mit fachmännischem Blick.

Seufzend ließ sich Jacobs auf das Sofa fallen.

Tätschelte Thorsten den Oberschenkel und beugte sich zu ihm.

»Moin, mein Sohn«, säuselte er.

»Guten Tag.«

»Er ist freundlich. Ein Zeichen für schwindende Energie.«

Tjarko stöhnte auf. »Wollen Sie ihm 'ne Beichte abnehmen?« Ein stechender Schmerz am rechten Zeh ließ ihn zusammenzucken. Hildegard war mit ihrem Rollator dagegen gefahren.

»Sei still, und lass den Pastor machen.«, zischte sie.

»Amen«, brummte Tjarko.

Thorsten kippte den Kopf zur Seite und stieß einen leisen Rülpser aus.

»Er ist noch empfänglich«, bemerkte der Pastor.

»Sehr gut.«

Mit einer Hand schlug Tjarko auf die Arbeitsplatte.

»Schluss mit eurem Gesabbel. Packen Sie ihre verrückten Rentner ein, und raus aus meinem Haus!«

»Joke«, murmelte sein Schwager. Ein Sabberfaden lief ihm aus dem Mundwinkel. Grünlich und zäh. Sah aus wie zerkochter Grünkohl.

Mathilde huschte um die Ecke. Richtete ihren

Busen und verkündete, dass im Obergeschoss nichts zu finden wäre.

Jacobs stieß einen lauten Seufzer aus. »Wo ist die Teedose?«, fragte er und blickte in die Runde.

»Die ist in mir. In mir ist sie«, kicherte Thorsten.

»In dir?«

»Ja, ja. Hab genascht.«

»Er hat sich heute Mittag einen Tee gekocht. Oder was das auch immer war«, murmelte Nicole. »Ich habe das alte Blechding in den Müll geworfen.«

Jacobs fuhr hoch. »Mathilde! Im Müllcontainer. Draußen!«, blökte er aufgeregt.

Thorsten lachte hämisch auf. »Zu spät, zu spät.«

»Tjarko, frag nicht. Geh mit Mathilde«, zischte Jacobs.

Nicole formte mit den Lippen ein stummes ›Bitte, Toko.‹ Widerwillig latschte Tjarko aus der Küche. Wandte sich kurz um und brummte: »Wenn ihr mit eurem heiligen Gedöns fertig seid, bringe ich ihn um.«

»Dafür ist es schon zu spät«, erwiderte Eugen Jacobs.

Mathilde war trotz ihrer Körperfülle und ihres hohen Alters noch ziemlich beweglich. Schoss in einem Affenzahn aus der Tür und blickte Tjarko auffordernd an. »Wo steht euer Müllcontainer?«

Tjarko nickte gelangweilt nach vorne. »Dort neben dem Misthaufen.«

»Na, dann steh nicht rum. Wir haben nicht viel Zeit.«

»Wonach soll ich denn suchen?«

Mathilde stöhnte auf. »Du bist so ein Dösbaddel. Nach der roten Teedose. Die Urne deines Vaters.«

»Urne?«

»Sag mal, hast du deinen Verstand versoffen?«, keifte sie.

Saufen wäre jetzt keine schlechte Idee, dachte Tjarko.

Mathilde schüttelte den Kopf. »Jokes Asche ist in der Teedose.«

»Versteh' ich nicht.«

»Ein Wunsch deiner Mutter. Unser Pastor hat sie dem Bestatter abgekauft und in die Dose umgefüllt. Über zwanzig Jahre ruhte seine verlorene Seele in eurem Haus. Sie hätte nie geöffnet werden dürfen. Wer auch immer das getan hat, wird auf ewig in der Hölle schmoren.«

»*Keine Sorge. Der dämliche Knecht mistet jetzt den Stall des Teufels aus*«, hallte es über den Hof.

Tjarko zuckte zusammen. Okay. Er sollte dringend

etwas zu trinken organisieren.

Sonst ging der Schuss gewaltig nach hinten los.

Mathilde taumelte und stützte sich an der Hauswand ab. »Er ist wütend.«

»Wer?«

»Dein Vater.«

»*Halt den Sabbel!*«

Wieder diese Stimme. Zog Tjarko durch Mark und Bein. Ein stechender Schmerz bohrte sich in seinen Kopf. Die Hände zitterten. »Ich brauch' Schnaps«, stammelte er.

»*Am besten Doppelkorn*«, summte es von irgendwoher.

»Sei endlich still!«, brüllte Tjarko.

Mathilde grinste. »Finde die Dose und erlöse dich von ihm. So einfach ist das.«

Laut keifte es in seinem Gehirn: »*Doppelkorn! Doppelkorn!*«

Tjarko stürzte sich brüllend auf den Müllcontainer. Drückte den Deckel hoch und steckte seinen Kopf hinein. Nun war alles egal. Hauptsache, diese Stimmen verschwanden aus seinem Kopf. Vielleicht hatte er sogar Glück und fand eine Schnapsflasche.

Nur einen Schluck. Einen winzigen Schluck.

Lautes Gelärme hinter ihm.

»Behrens! Du Schwein!«, keifte Ohling, packte Tjarko an den Beinen und stopfte dessen massigen Körper geradewegs in den Container. »Jetzt hab' ich dich!«, brüllte er und knallte den Deckel zu.

»Hey du!« Mathilde stand breitbeinig vor ihm. Hielt ihren Regenschirm wie eine Lanze vor sich. Öffnete die toupierten Haare und ballte ihr Gesicht zur Faust.

Ohling lachte auf, verriegelte den Container und stapfte forschen Schrittes ins Verderben. Denn er hatte die Rechnung nicht mit einer äußerst wütenden Seniorin gemacht.

Die klappte ihren Schirm auf. »Komm noch einen Schritt näher, und ich ...«

»Und was?«, erwiderte er.

»... und ich mach dich fertig!«, fauchte Mathilde.

Der Schweinebauer hatte keine Chance zu agieren. Stierte die kompakte Dame an, die wutschnaubend und mit flinken Schritten, den Regenschirm schwingend, auf ihn zustürmte.

Ohling keuchte. Der erste Schlag traf ihn hart in den Magen. Mathilde holte erneut aus und rammte ihm die Schirmspitze in die Seite. Er heulte auf und sank auf die Knie.

Drohend ließ sie ihre Waffe über dem Kopf kreisen. Presste den dicken Busen in sein Gesicht. Ohling rang nach Luft. Lag vielleicht auch an Mathildes billigem Parfüm.

»Bitte ...«, flehte er und stierte panisch an ihr vorbei. Ein rhythmisches Klacken von acht weiteren Regenschirmen.

»Meine Damen! Angriff!«, tönte Gertraud.

Kehren wir zurück in die mollig warme Küche.

Eugen Jacobs, Pastor mit Hang zum Okkultismus, posierte mit wirrem Haar auf dem alten Küchensofa und fuchtelte wild mit den Armen. Stieß Geräusche aus, die klangen, als kämen sie direkt aus dem Hamburger Hafen. In der linken Hand hielt er ein kleines Silberkreuz. Mit der rechten stopfte sich Jacobs den letzten Rest Schokoriegel in den Mund. Geisteraustreibungen kosteten furchtbar viel Energie. Meistens hatte er danach einen unbändigen Appetit auf Döner mit Fritten.

Der Kerl unter ihm war eine harte Nuss. Kein

Wunder. Schließlich hatte er einen äußerst penetranten Mitbewohner.

»Hildegard. Gib mir das Weihwasser«, keuchte der Pastor.

»Natürlich«, erwiderte sie und reichte Jacobs das kleine Fläschchen.

Thorsten kicherte. »Was ist das denn für ein Gesöff?«

»Doppelkorn, du Ausgeburt der Hölle«, flüsterte Eugen. Er öffnete mit einem Finger die Flasche und drückte sie ihm in den Mund. Wohlig schmatzend sog Thorsten den Trank in seinen Rachen.

»Alkohol hat er noch nie vertragen«, bemerkte Nicole.

»Jawoll«, lallte er. Verdrehte die Augen, rülpste laut und kippte nach hinten.

»Das war's«, murmelte Jacobs. Mit zufriedenem Lächeln steckte er die Flasche zurück in sein Etui.

»Wie, das war's?«, fragte Nicole.

»Sein Dämon ist verschwunden. Der Rest kommt später.«

»Der Rest?«

»Na, wir verbrennen seinen untoten Körper. Wie immer«, erwiderte der Pastor.

Hildegard legte eine Hand auf Nicoles Schulter.

»Du wirst dich dran gewöhnen.«

»Ich ruf die Polizei«, stotterte Nicole.

»Keine Polizei. Du weißt, dass wir das Richtige tun.« Jacobs zog die Gardine zur Seite und lugte aus dem Fenster. »Bald wirst du alles verstehen, Liebes«, murmelte er, nahm Nicole an der Hand und zog sie aus dem Haus.

Flink wie ein Wiesel in der Paarungszeit arbeitete sich Klaus Lüders durch das Unterholz. Legte sich mehrmals auf die Nase. Kam wieder hoch, fokussierte seinen Blick Richtung Bauernhof. Dumpfer Lärm drang durch das Buschwerk.

»Für Pucki«, piepste der Besamer.

Er rannte weiter, nicht ahnend, welche Wendung sein beschauliches Leben bald nehmen würde.

Neun keifende Seniorinnen stürmten, mit ihren Regenschirmen voran, auf Rolf Ohling zu, der auf dem Boden saß und laut jammerte. Wind kam auf und nahm an Stärke zu. Fegte über den Behrenshof hinweg. Hühner flogen panisch gackernd durch die Gegend. Laut scheppernd fielen Schindeln vom Dach und wurden über den Hof gewirbelt.

Nicole lehnte sich an die Wand und starrte ungläubig auf das Szenario.

»Wo ist Tjarko?«, brüllte Jacobs gegen den tobenden Sturm an.

»Im Container. Er hat die Dose!« Mathilde hob kurz ihren Kopf und quetschte ihren Busen wie Wackelpudding auf Ohlings Gesicht. »Eine Bewegung, mein Freund. Eine einzige Bewegung!« Rolf hämmerte verzweifelt mit einer Hand auf den Boden. »Die bringen mich um«, plärrte er.

»Nicole, hol deinen Bruder da raus«, sagte Eugen barsch und wies mit seinem Doppelkinn zum Container.

Jungfrau Maria stampfte mit den Hufen. Kam wie aus dem Nichts hinter dem Stall hervor. Heißer Atem schoss aus den Nüstern. Der Bulle hob den mächtigen Kopf, visierte sein Ziel an und raste auf Nicole zu.

»Heyhoooo!«, quäkte eine Fistelstimme aus den Büschen. Klaus Lüders sprang aus dem Strauchwerk hervor und postierte sich vor dem Stall. Schnappte sich einen braun verschmierten Lappen und fuchtelte wild damit herum.

Der Bulle stoppte und fixierte den kühnen Besamer mit stechenden Augen.

»Ach du Scheiße«, wisperte Klaus und sprintete

voller Panik davon. Er warf einen Blick über die Schulter. Maria war ihm dicht auf den Fersen. Klaus machte einen seitlichen Ausfallschritt, strauchelte und sprang geradewegs in die Güllegrube hinein.

Jungfrau Maria schoss vorbei und wurde jäh von dem massiven Stalltor gestoppt. Brüllte kurz auf und kippte ohnmächtig auf die Seite.

Klaus ruderte wild in der braunen, stinkenden Brühe. Er war Nichtschwimmer. Hatte noch nicht mal das Seepferdchen in der Tasche. Er versuchte, den Kopf über der Gülle zu halten und rief laut um Hilfe. Innerhalb von Sekunden sogen sich seine Klamotten voll, und er wurde gnadenlos nach unten gezogen.

Nicole rannte zu ihm. Hängte sich mit dem Oberkörper über die Betonumrandung und streckte ihm eine Hand entgegen. Mit letzter Kraft zog sich Lüders aus dem ungewollten Wellnessbad.

»Danke«, flüsterte er heiser.

Nicole lächelte und half Klaus nach oben.

Rumms!

Klaus starrte an ihr vorbei. »Ich werd verrückt. Der Müllcontainer kann fliegen.« Er wies mit einer Hand nach vorne.

Wie von Geisterhand gesteuert schwebte der Container über den Hof. Scheppernd stieß er an einen Stapel Autoreifen, schwang knapp über dem Boden hin und her, gewann an Höhe und schoss mit rasender Geschwindigkeit auf die Hauswand zu.

Eugen Jacobs schlug die Hände vors Gesicht. Sein Kopf dröhnte wie ein Dampfhammer. »*Ihr Bastarde kriegt mich nicht!*«, bohrte sich Jokes Stimme durch seine Hirnwindungen. Der Pastor biss sich in eine Hand und stieß einen stummen Schrei aus. Seine Kehle war wie zugeschnürt.

»Tjarko!«, brüllte Nicole.

Klaus verstand und sprintete zum Container, krallte sich geistesgegenwärtig an einem Griff fest und zog seinen kleinen Körper flink nach oben. Öffnete den Schieberiegel und wuchtete den Deckel hoch.

»Lüders. Nimm«, keuchte Tjarko und drückte ihm eine rote Teedose in die Hand.

Der schnappte sie und schielte zur Seite. Unaufhaltsam jagten sie Richtung Mauerwerk. Tjarko streckte seinen Kopf heraus. Nickte Lüders lächelnd zu. »Spring!«

Im letzten Moment ließ sich der Besamer auf den

Boden fallen. Blickte hoch auf Tjarkos vernarbtes Gesicht. Eine Hand wühlte sich aus dem Müll und streckte den Daumen hoch. Kurz danach schmetterte der Container gegen die Wand.

»Die Dose. Gib sie Nicole!«, kreischte Eugen. Seine Gefolgschaft hatte sich derweil hinter ihm versammelt und hielt ihre Regenschirme dicht über dem Kopf. Als ob sie ahnten, welches Unheil sie erwartete.

Ein erster Tropfen. Dann ein zweiter. Grün und warm. Klaus wischte sich über die Stirn. Blickte nach oben. Dunkle Wolken zogen auf.

Klotsch.

Ein schmatzendes Geräusch neben ihm.

Verwundert starrte er auf den Boden.

Dampfender Grünkohl.

Klotsch.

Die nächste Portion. Diesmal direkt auf sein schütteres Haupthaar. Warm und schleimig.

»Dämonenregen!«, brüllte Thea Huismann.

Doch ehe Klaus sich wundern konnte, fiel eine Ladung warmer Kartoffeln vom Himmel.

Jacobs rannte geduckt zu ihm. Riss ihm die Teedose aus den Händen. Holte aus und schleuderte sie zu Nicole.

»Auf den Misthaufen damit!«, japste er.

Liebe Leser! Sie schütteln den Kopf? Wollen das Buch beiseitelegen oder es am liebsten verbrennen? Wünschen dem Autor das Schlimmste? Aber es gibt Momente im Leben, da fragt man nicht nach dem Warum. Besonders dann nicht, wenn man es mit einem waschechten Spuk zu tun hat. Eines kann ich Ihnen versichern: In Ostfriesland ist alles möglich. Also weiter mit der Höllenfahrt.

Nicole fing den Blechpott gekonnt auf. Angefeuert von dem wilden Gekreische einer Horde merkwürdiger Seniorinnen kraxelte sie auf den dampfenden Misthaufen. Ließ sich nicht beirren von den weichgekochten Kartoffeln, die auf sie niederprasselten.

Eine Stimme brummte hinter ihr: »Warte!«

Tjarko. Ihr Bruder kroch zu ihr, legte seine großen Pranken auf ihre Hände und kippte die Asche auf den Misthaufen.

Und dann geschah ... nichts.

Noch nicht mal Nebel stieg auf. Und wenn, war es

nur der Dampf warmer Kuhscheiße. Ein Huhn gackerte im Hintergrund. Regen stürzte aus den Wolken. Langweilige und kalte Wassertropfen. Wildgänse flogen schnatternd über den Hof. Wolken zogen am Himmel Richtung Horizont. Fahles Mondlicht schien auf den Behrenshof. Eine Kuh blökte und Jungfrau Maria schnaubte benommen.

»So meine Damen«, trällerte Eugen Jacobs. »Feierabend.«

Quietschend baggerte sich Hildes Rollator durch den Matsch. Mathilde klappte ihren Schirm zusammen und pfiff vergnügt vor sich hin.

»Und jetzt?«, fragte Tjarko.

»Werden wir jeden Abend brav beten«, entgegnete Nicole und sank in seine Arme.

Mathilde winkte den beiden zu. »Im Gemeindehaus gibt es Kaffee und Kuchen«, rief sie.

Leises Schluchzen von Rolf Ohling, der mitten in einer Pfütze seinen nachmittäglichen Ausraster bitter bereute.

Thorsten erschien an der Haustür. Kraulte sein Gehänge und grinste dümmlich. »Guten Tag.

Können Sie mir sagen, wo ich hier bin?«

»Halt dein Maul«, raunzte Tjarko und ließ sich von Klaus Lüders vom Misthaufen helfen. Der Kerl stank wie eine Tonne vergammelter Frettchen.

Lüders war vollkommen hinüber. Keuchend wankte er an Tjarko vorbei und kroch nach oben.

»Nicole. Alles gut mit dir?«, fragte er besorgt.

»Alles gut«, hauchte sie. Ein Windzug streichelte ihre Wangen. Nicole hielt einen Moment inne und nieste dann kräftig.

»Gesundheit«, wünschte Klaus.

»Danke, ich bin allergisch gegen ... Asche«, erwiderte sie, verdrehte die Augen und sank in sich zusammen.

»Nicole?« Lüders blickte sie verwirrt an.

»Was willst du Knackwurst?«

»Äh, was?«

Ihr Gesicht verzog sich zu einer dämonischen Fratze. »Ach komm, bist scharf auf meine Tochter.« Sie ballte ihre Faust und rammte sie Lüders in den Magen.

Der stöhnte auf und krümmte sich zusammen.

»Na, willst du eine Abreibung? Kein Problem«,

lallte sie mit tiefer Stimme.

Tjarko schrie auf und hastete auf den Misthaufen zurück. »Ist nicht so gemeint, Schwester«, murmelte er und gab Nicole eine harte Kopfnuss.

Sie glotzte Tjarko verdutzt an und kippte nach hinten.

»Hast du nicht alle fünf Pfennig auf der Mark?«, brüllte Klaus und beugte sich zu ihr.

»Das ... war nicht meine Schwester«, stotterte Tjarko.

»Spinner!« Klaus war vollkommen außer sich.

Nicole riss die Augen auf. »Hey, ihr beiden Lutscher. Kommt zu Papa.«

»Sie ist besessen«, sagte Tjarko.

»Halt dein Maul, Behrens«, fauchte Klaus. »Du bist stinkbesoffen.«

»Hör auf«, rief Jacobs. »Du musst sie erlösen.«

Klaus tippte sich mit einem Finger an die Stirn.

»Ihr seid ja alle total bescheuert.«

»Verlier keine Zeit. Küss sie«, forderte Jacobs.

Lüders schluckte. »Was?«

»Küssen. Kann so schwer nicht sein.«

»Bin ich hier bei Schneewittchen, oder was?«

Eugen hatte die Faxen dicke. »Herrgott nochmal! Gib ihr einfach einen verdammten Kuss. Sonst bekommen wir sie nicht wieder!«, keifte er.

Klaus wies auf Tjarko. »Soll der das doch machen.«

»Er ist ihr Bruder. Das verschlimmert die Sache nur. Und jetzt, du elendiger Besamer, tu es!«

Tjarko zuckte mit den Schultern. »Mach es oder ich hau dich windelweich«, raunzte er.

Klaus räusperte sich. Küssen. Leichter gesagt als getan. Unter den ungeduldigen Blicken von Tjarko Behrens kniete er sich vor Nicole. Spitzte seine Lippen. Näherte sich ihrem Gesicht. So nah, wie er ihr noch nie gewesen war.

Gib dir einen Ruck, Lüders. Du hast so lange davon geträumt. Ein jauchiger Geruch strömte aus ihrem Mund. »Flachwichser«, zischelte sie.

»Nun mach schon«, sagte Tjarko fast flehend.

Ein lautes Donnergrollen ertönte. Ein neuer Schwung warmer Kartoffeln klatschte auf sie herab. Und in diesem Moment presste Lüders seine schmalen, leicht rauen Lippen an Nicoles Kirschmund. Hielt einige Sekunden inne und sog jede Sekunde in sich hinein. Sie schmeckte irgendwie nach ... Doppelkorn.

Nicole hustete. Blinzelte mit den Augen und das

erste, was sie sah, war die rote Knollennase von Klaus, die sich in ihr Gesicht bohrte.

»Was ist?«, fragte sie leise.

Klaus wich zurück und blickte sie verschämt an.

»Er hat dich gerettet«, brummte Tjarko trocken.

Nicole brauchte ein paar Minuten, um einen klaren Kopf zu bekommen. Sie fühlte sich wie ein nasser Sack. Ein Hauch von billigem Schnaps lag auf ihrer Zunge. Tjarko hakte sie mit Lüders zusammen unter und half ihr hoch.

»Was war los?«, fragte sie leicht benommen.

»Klaus hat den Fluch gebrochen«, tönte Eugen von unten und grinste breit. »Bei Jesus und Jungfrau Maria.«

Der Bulle hob seinen Kopf und schnaubte.

»Und nun runter mit euch. Wir müssen den Misthaufen verbrennen«, sagte der Pastor.

»Du hast mir das Leben gerettet«, hauchte Nicole.

»Ich würde es immer wieder tun«, antwortete Klaus und half ihr hinunter.

»Klaus ... ich ...« Ihr fehlten die Worte.

Denn da waren sie. Die tausend Schmetterlinge im Bauch. Die Nicole bei Thorsten so vermisst hatte.

Und nun stand sie vor dem kleinen, unscheinbaren Klaus Lüders. Und es hatte sie voll erwischt. Liebe auf den dritten Blick. Klaus war mehr Mann als alle anderen Kerle auf der Welt. Abgesehen von Tjarko natürlich.

Klaus blickte zu ihr hoch. »Ich habe dich immer geliebt. Seit der Schule ...«

Nicole legte ihm einen Finger auf den Mund.

Komm schon, kleiner Mann. Was hast du zu verlieren? Tu es einfach, dachte er. Klaus gab sich einen Ruck und stellte sich auf die Zehenspitzen.

Nicole lächelte. Beugte sich hinunter und gab ihm einen innigen Kuss.

»Warum tust du das?«, fragte er leise.

»Weil ich es kann, Klaus Lüders«, antwortete Nicole, fasste ihn unter und zog ihn mit letzter Kraft an sich.

»Halleluja!«, jubilierte Jacobs und riss die Arme in den Himmel. Hinter ihm applaudierten zehn tapfere Seniorinnen.

»*Scheiße. Ein Besamer als Schwiegersohn*«, zischte es ungehört über dem Behrenshof. Und dann verschwand Jokes Seele in den ewigen Jagdgründen

Ostfrieslands. Oder wo auch immer.

Bis dann, alter Säufer.

Dezember. Vierter Advent. Der Winter zog in Ostfriesland ein. Wie so oft mit einiger Verspätung. Die ersten Kanäle froren zu. Ein glitzernder Teppich legte sich über das Wasser. Ostfriesen schlupften in Schlittschuhe und segelten fröhlich über die Eisflächen. Wildgänse zogen Formationen. Möwen kreisten am Himmel und Kaninchen verliehen dem Schnee mit kleinen Kötteln braune Tupfer. Rehe tapsten über die frostigen Ackerböden. Jogger rutschten auf gefrorenen Kuhfladen aus und legten sich auf die Nase. Winterzeit. Kurz vor Weihnachten. Eine Zeit des Innehaltens und uneingeschränkter Nächstenliebe.

Ein bis zur Nasenspitze eingemummelter Landwirt riegelte schlotternd die Stalltür ab. Sein Knecht verbeugte sich vor ihm, fragte, was es noch zu tun gäbe. Der Bauer überlegte und wies ihn an, sich nackt in den Mist zu legen. Ohne Murren folgte der Knecht dem Befehl und zog die Hose herunter. Der Landwirt hustete vor Lachen und nickte seiner Schwester zu, die mit einem Kaffeepott in der Tür stand.

»Hör auf mit dem Quatsch«, kicherte sie.

»Nun lass mir doch meinen Spaß«, prustete Tjarko.

Sein neuer Knecht war ein Volltreffer. Obwohl er noch nicht lange auf dem Hof war, hatte der Kerl schnell alle wichtigsten Arbeiten gelernt. Melken, Ausmisten, Trecker fahren und sogar Klauenpflege. Einen besseren Helfer hätte sich Tjarko nicht wünschen können. Hirnlos, aber geschickt.

»Moin«, brummte Tjarko. Hauchte in seine Pranken und schlupfte aus den Gummistiefeln.

»Moin«, grüßte Klaus zurück und gab Nicole einen Kuss auf die Wange. »Mein Schatz hat Brötchen gebacken.«

Tjarko zog den Duft durch die Nase. »Riecht super. Ich muss nachher zum Tierarzt. Kann Jungfrau Maria wieder abholen.«

»Hättest ihn besser schlachten lassen sollen.«

»Sein Sperma ist der Knaller. Im Übrigen bin ich jetzt Vegetarier.«

»Landwirt und Salatfresser. Ich lach' mich schlapp«, prustete Klaus.

»Hab meine Gründe.«

»Das Vieh hätte mich beinahe umgebracht. Aber dank meiner Heldin ...«, Lüders blickte Nicole an. »... bin ich noch am Leben.«

Nicole stellte einen Korb mit warmen Brötchen auf den Tisch. »Komm her, iss erstmal was.«

»Wann schmücken wir den Baum?«, fragte Tjarko.

»Das macht doch dein Knecht, oder?« Klaus nickte Richtung Fenster.

»Der kommt mir nicht ins Haus. Kannst du dich an die erste Nacht erinnern? Nach dem ... na ja, egal. Der Kerl knurrt im Schlaf wie ein besoffener Zombie.«

»Keine Ahnung. Ich war wohl zu beschäftigt.«

Nicole warf ihrem Freund einen scharfen Blick zu.

Klaus nahm sein Brötchen vom Teller. »Dein Knecht muss sich stärken«, bemerkte er und öffnete das Fenster.

»Hey, du Knallkopf. Für dich.«

In hohem Bogen flog das Teigstück in den Misthaufen. Gierig schlang der Hofhelfer es in einem Stück hinunter.

Nicole schüttelte den Kopf. »Armer Kerl. Tradition hin oder her.«

»Lass uns doch den Spaß«, raunzte Tjarko und schloss das Fenster. »Er sieht doch ganz glücklich aus.«

»Also nix mit geschmücktem Baum?«, fragte Klaus schmatzend.

»Mach ich selbst.«

»Wenn du meinst ..., du, Tjarko?«

»Hm?«

»Nicole und ich müssen dir etwas sagen.«

Seine Schwester ergriff Klaus' Hand und grinste. Tjarko wurde neugierig. »Schieß los, Lüders.«

»Wir haben uns verlobt«, schoss es aus ihm heraus.

Tjarko verschluckte sich an seinem Kaffee. »Äh ... was? Ihr seid doch gerade mal ein paar Wochen zusammen«, prustete er.

»Na und? Wir lieben uns.«

»Glückwunsch«, murrte Tjarko.

»Danke. Aber nun hab' ich Hunger«, sagte seine Schwester und biss herzhaft in ihr Marmeladenbrötchen.

Der Tag flog nur so dahin. Auch im Winter gab es auf dem Behrenshof genug zu tun. Für Jungfrau Maria hatte Tjarko den alten Kälberstall hergerichtet. Eine wahre Präsidentensuite. Einen Tag nach der Nacht, die Tjarkos Leben verändert hatte, brachte er Maria zum Tierarzt. Noch am selben Abend hatte Münnings angerufen. Und feierlich verkündet, dass er noch nie so gutes Sperma untersucht hatte. »Mit dem kannst du steinreich werden«, sagte er. »Ich muss den Kerl ein paar Wochen bei mir behalten. Der hat 'ne ordentliche Gehirnerschütterung.«

»Was kostet das?«, hatte ihn Tjarko angeraunzt.

»Nichts. Dafür beteiligst du mich an den Einnahmen. Hast ja jetzt einen Besamer in deiner Familie.«

Eigentlich war Tjarko fest entschlossen gewesen, das Tier zum Schlachthof zu karren. Aber er brachte es nicht übers Herz. Zum Glück, wie sich herausstellte.

Anfang Dezember hatte Jungfrau Maria es sogar bis in die Zeitschrift »Kuhexpress« geschafft. Tjarko war erst dagegen gewesen. Doch Fokko hatte ihm seine offenen Rechnungen vor die Nase gelegt.

»Werbung für mich oder Gerichtsvollzieher für dich«, hatte er freundlich gewarnt.

Glatte Erpressung, aber Tjarko war nichts anderes übrig geblieben.

Der Bulle, der vom Himmel fiel, stand auf dem

Titelblatt. Daneben posierten Tjarko und der Tierarzt. Als ihn ein Journalist fragte, wie er an das Prachtvieh gekommen war, meinte er nur: »Er war einfach da.«

Hätte er die Wahrheit erzählt, wäre Tjarko stante pede wieder in der Klapse gelandet. Oder der Reporter hätte seinen Job verloren.

Aber wen interessierte schon die Wahrheit, die sich auf dem Hof abgespielt hatte? Niemanden. Und so sollte es auch bleiben.

Verschwenden wir noch einen Gedanken an Tjarkos ehemaligen Knecht.

Klaas kam standesgemäß unter die Erde. Einige Landwirte waren zur Beerdigung erschienen. Und der komplette Seniorenkreis Buckbuhr. Sogar Rolf Ohling war anwesend. Bekam ein paar Stunden Freigang vom Amtsrichter. Ein Pfleger wich ihm an diesem Tag nicht von der Seite. Doch als der arme Rolf Mathilde erblickte, fing er an, laut zu kreischen. Warf sich auf den Boden und bat den Himmel um Vergebung. Nach der Beruhigungsspritze vom Pfleger ging es wieder zurück in die geschlossene Einrichtung.

Tjarkos neuer Helfer stand auf dem Hof und deutete eine Verbeugung an. »Kann ich noch etwas tun, Herr Behrens?«

»Nö. Kannst dich ablegen.«

»Danke, Herr Behrens«, murmelte er und trottete in seinen Holzverschlag.

Tjarko überlegte, ob er ihm nicht ein Zimmer im Haus anbieten sollte. War ja inzwischen arschkalt geworden. Doch er konnte sich nicht mit dem Gedanken anfreunden, seinen dämlichen Schwager nachts in seiner Nähe zu haben. Zudem war er sich nicht einmal so sicher, ob Thorsten überhaupt schlief. Nach dem denkwürdigen Abend hatte er laut grunzend auf dem Sofa gelegen, sich in der Nacht an einem Berg Hackfleisch aus dem Kühlschrank bedient und morgens einen Teepott mit dampfender Gülle auf den Küchentisch gestellt.

Was sollte man von einen Untoten auch erwarten?

Tjarko überlegte, dem Rat des Pastors zu folgen. Aber verbrennen? Niemals.

Bisher vermisste ihn niemand. Na ja, fast. Sein BMW wurde an einer einsamen Straße gefunden. Zwei Polizisten tauchten auf und fragten nach seinem Schwager. Tjarko schüttelte nur den Kopf. Erzählte, dass Thorsten am Tag der Trennung total verzweifelt war.

Die Kripo nahm an, dass sich der Kerl in die Nordsee gestürzt hatte. War sogar zu blöd gewesen, gegen einen Baum zu fahren. Nach zwei Tagen brach die Polizei die Suchaktion ab. Nicole hatte zum Glück einen wasserdichten Ehevertrag in der Tasche. Tjarko bekam die Hälfte von der Kohle. Und sanierte damit endlich seinen Kuhstall. So profitierte jeder davon. Und letztendlich auch Thorsten. Der durfte nachts knurrend auf seinem Feldbett liegen, und tagsüber war der Idiot wenigstens beschäftigt.

Tjarko hatte seit genau vierunddreißig Tagen keinen Schluck Alkohol angerührt. Obwohl er zeitweise immer noch die Stimmen in seinem Kopf hatte. Leise flüsterten sie ihm teilweise unverständliche Worte zu. Dagegen halfen meistens ein Schluck kaltes Wasser und das Zauberkraut vom Pastor.

Um sich abzulenken, half Tjarko ehrenamtlich in der kleinen Kirchengemeinde aus. Schaltete sonntags die Heizung in der Kirche ein, kochte Kakao für den Kinderkreis und besorgte einen stattlichen Tannenbaum. Die nächtlichen Exkursionen auf verlassene Friedhöfe und in einsame Spukhäuser nervten ihn. Es begann mit ein paar kleinen Gefälligkeiten. Schon eine Woche später, nach dem wundersamen Abend auf dem Behrenshof, rief Gertraud an. Bat ihn darum, ein paar Damen durch die Gegend zu kutschieren. Letztendlich landeten sie am Schloss Lütetsburg, kurz vor Norddeich. Er schleppte den Frauen einen kiloschweren Koffer voller eigenartiger Geräte hinterher, die laut piepsten und blinkten. Gelangweilt hockte er im Wagen und irgendwann kamen die Damen laut gackernd zurück.

»Dem haben wir es gezeigt«, kicherte Gertraud.

Tjarko zog es vor, nicht nachzufragen.

Es folgten nächtliche Ausfahrten bis in das verruchte Emsland hinein. Und genau hier, im Land der Katholiken und Torfstecher, schien etwas schief gegangen zu sein. Tjarko wurde aus dem Wagen geholt. Eine verlorene Seele irrte in Lathen umher, einem kleinen Dorf voller abergläubischer Bewohner. Ließ Türen knallen und Schweine explodieren. Nichts Besonderes, aber nervig. Tjarko wurde in ein verlassenes Haus hineingeschoben. Plötzlich stand ein alter Kerl vor ihm und bewarf Tjarko mit diversen Gegenständen. Dann hielt er inne und riss seine rot leuchtenden Augen auf.

»*Bist du der Sohn von Joke Behrens?*«, fragte die Gestalt und schwebte auf ihn zu.

Tjarko nickte. Stand wie gelähmt da und streckte, wie von Hildegard angewiesen, ein Silberkreuz nach vorne.

»*Ach du Scheiße*«, zischte der Geist und flog wie ein aufgeschrecktes Huhn durch die Gegend. Und ward nie wieder gesehen.

Sein alter Herr genoss selbst im Jenseits keinen guten Ruf.

Als Tjarko zitternd aus dem Haus wankte, jubelte Hildegard und drückte ihm einen Schmatzer auf die Wange. »Du bist Gold wert«, hauchte sie.

In der Tat waren Tjarkos Fähigkeiten ein wahrer Segen für die kleine Gemeinde. Nach diesem Einsatz gab es eine besonders großzügige Spende vom Bürgermeister höchstpersönlich. Schnell war das Geld für eine neue Orgel zusammen. Ein Teil ging anonym an die Vogelfrau Gisela. Als Wiedergutmachung für kleine Unannehmlichkeiten.

Zum Glück hatten sich die Damen seit einer Woche nicht mehr gemeldet. Tjarko war Landwirt und wollte eigentlich mit dem ganzen Theater nichts mehr zu tun haben. Der alte Behrens hatte seine Ruhe gefunden. Okay. Manchmal knarzten die Treppen im Haus. Die Gasflammen auf dem Herd gingen an, und ein leicht süßlicher Duft, der stark an das Lieblingsparfüm seiner Mutter erinnerte, zog durch die Räume. Tjarko nahm es stillschweigend zur Kenntnis.

Wie jeden Abend fiel er erschöpft auf sein Küchensofa. Maria war versorgt, und sein hirnloser Schwager schrubbte auf allen Vieren die Fliesen im Melkstand. Tjarko seufzte und nippte an seinem Früchtetee. Müde zappte er durch das Abendprogramm. Klaus hatte Nicole ins *Schwarze Pferd* eingeladen. Die perfekte Gelegenheit für einen gemütlichen Fernsehabend.

Überall Werbung. Als ob die Sender sich abgesprochen hätten. Von Zahnpasta bis hin zu Sexspielzeug. Und das zur besten Sendezeit, wo meistens nur Kinder vor der Glotze hingen. Genervt schaltete Tjarko den Fernseher aus und trank einen

Schluck aus der Wasserflasche.

Klick. Die Flimmerkiste ging wieder an.

»Krummhörner Magenbitter. Lecker am Morgen, beruhigend zur Nacht«, quäkte es aus den Lautsprechern.

Tjarko drückte auf die Fernbedienung. Keine Reaktion. Stattdessen wechselte der Sender. Natürlich auch hier wieder Werbung. »Mmmm. Ein Schluck Doppelkorn. Bringt dich doppelt nach vorn.«

»Mann, was ist das denn für eine Kacke!«, fluchte Tjarko, stand ächzend auf und zog den Stecker.

»Lecker Lecker Schmecker. Der Geist der Friesen. Jetzt als Zehn-Liter-Flasche.«

Mit der flachen Hand haute er auf die Kiste.

Endlich Ruhe.

Das Telefon klingelte. Er seufzte und ging dran.

»Behrens.«

»Mathilde hier. Hab' ich dich gestört?«

»Nö. Alles gut. Was gibt's?«

»Hast du was vor?«

»Ich? Nö. Außer dass ich meinen Fernseher gerade aus dem Fenster schmeißen wollte, liegt nichts an.«

»Schwing deinen Hintern ins Auto und komm vorbei.«

Mathilde beendete abrupt das Gespräch.

Tjarko seufzte. Er schnappte sich die Wagenschlüssel und stapfte aus dem Haus.

Der Gemeindesaal war hell erleuchtet. Eugen Jacobs hatte seine Haare nach hinten gebunden und lächelte. »Komm rein. Wir sind heute nur ein kleiner Kreis.«

Hildegard hockte auf ihrem Rollator und schmierte mit Mathilde ein paar Butterbrote. »Ach, der Tjarko. Nimm dir ein Messer und hilf mit.«

»Brote schmieren? Dafür sollte ich kommen?«

»Frag nicht. Wenn du schon da bist, kannst du wenigstens helfen. Ist für morgen. Wir fahren einen Tag in den Harz. Der Hassan hat uns eingeladen.«

Tjarko setzte sich seufzend hin. »Was ist los?«

»Du musst ihn loswerden«, sagte Hildegard beiläufig.

»Wen?«

»Na, wen wohl? Deinen Knecht.« Ein dickes Stück Butter landete in ihrem Mund. »Es wird Zeit. Du weißt, warum.«

»Ja, ja. Ist schon gut. Aber ich brauche ihn.«

»Spiel nicht mit dem Feuer. Er ist ein …«

»Untoter«, ergänzte Eugen.

»Na und? Er arbeitet wie ein Pferd und macht alles, was ich will. Nicole hat damit auch kein Problem. Schließlich hat der Kerl es verdient.«

Jacobs hockte sich zu ihm. In der Hand eine Flasche Korn. »Auch einen?«

Er winkte ab. »Ich trinke nicht mehr.«

»Wie du meinst«, sagte der Pastor und stellte die Flasche auf den Boden.

»Lecker Lecker Schmecker. Der Geist der Friesen. Jetzt als Zehn-Liter-Flasche.«

Tjarko fuhr sich mit einer Hand über die Glatze und atmete schwer. »Habt ihr das auch gehört?«, fragte er heiser.

»Er ist immer noch hier«, murmelte Eugen.

Verdammt. Ging alles von vorne los? Da war es wieder. Dieses beschissene Sodbrennen und das Zittern seiner Hände. Das durfte er nicht zulassen.

»Wir haben etwas übersehen«, flüsterte der Pastor.

Mathilde stocherte mit ihrem Messer in der Butter herum. »Nur eine Kleinigkeit«, bemerkte sie.

»Nun sag es ihm doch!« Hildegard stand auf und schob den Rollator an Tjarkos Stuhl.

Mathilde legte das Messer beiseite. »Joke ist noch in ihm.«

»Mein Vater? Wir haben doch die Asche ...«

»Ach. Papperlapapp.« Eugen winkte ab. »Das war nur eine Zeremonie. Der Geist von Joke schlummert noch in der untoten Seele deines Schwagers.«

»Woher wollt ihr das wissen?«

»Deine Mutter hat es uns erzählt«, murmelte Hildegard.

»Meine Mutter?«

Hildegard nahm ein Butterbrot und musterte es mit prüfenden Blicken. »Gürkchen wären nicht schlecht.«

»Was?«, fragte Tjarko.

»Gürkchen. Auf dem Brot«, erwiderte sie.

»Du bist jetzt ein Jäger«, wisperte Mathilde.

»Was bin ich?«

»Ach, sei so lieb und reich mir mal den Käse.«

Tjarko schob ihr die Packung hin.

»Danke. Bist ein Schatz. Tja, da bist du erst einmal baff. Aber wir haben lange nach dir gesucht. Dein Karma ist stark.«

»Mein Karma?«

»Ist auch egal. Aber wäre der ganze Spuk mit

deinem Vater nicht gewesen, hätten wir dich niemals entdeckt.«

Jacobs nickte zustimmend. »Finde dich damit ab.«

»Womit?«, murrte Tjarko.

»Du bist mein Nachfolger.«

»Schietendidi. Ich bin Landwirt und kein Pastor.«

»Nein nein, mein Sohn. Ich bin alt. Und habe Rheuma. Es gibt in Ostfriesland noch genug zu tun. Das schaffen meine müden Knochen nicht mehr.«

Hildegard rieb ihre Hüfte. »Für uns wird es Zeit, in den Ruhestand zu gehen.«

»Ruhestand? Ihr seid doch schon in Rente«, murmelte Tjarko.

»Bist du so dumm oder tust du nur so?«

»Ich war noch nie 'ne Leuchte.«

Hildegard gab ihm einen Klaps auf den Hinterkopf. »Idiot. Du hast mehr Grips im Kopf als alle anderen Kerle.« Verstohlen blickte sie Jacobs an.

»Na ja, fast alle anderen.«

»Ja, und was wollt ihr von mir?«

»Tjarko Behrens.« Mathilde erhob feierlich ihre Stimme. »Du bist ab sofort und offiziell ...«

»Moment«, sagte Hildegard und kramte ein

Stück Stoff aus ihrer Hosentasche. »Hab' ich extra für dich genäht.«

Er nahm es entgegen. »Dämonen- und Geisterjäger Behrens«, las er laut vor. »Was soll der Quatsch?«

Jacobs patschte vergnügt in die Hände und trippelte zu einer Stereoanlage. »Feierliche Musik gefällig? Beethoven. Die Ode an die Freude«, trällerte er.

Ein Chor schmetterte die ersten Takte durch den Gemeindesaal. Eugen stellte das Gedudel wieder aus. »Genug mit dem feierlichen Teil. Wir haben noch eine Überraschung für dich.«

Mathilde gluckste voller Vorfreude.

»Oh ja. Die Überraschung«, quiekte sie. »Komm mit nach draußen.«

Irgendjemand hatte Fackeln vor dem Gemeindehaus aufgestellt. Jacobs ging voran, nahm ein Streichholz und zündete eine Feuerwerksbatterie an. Krachend zischten blaue Sterne in den dunklen Himmel.

»Moin Tjarko«, grinste Hassan.

Vollkommen perplex starrte Tjarko ihn an.

Hassan zog ihm zum Parkplatz. »Dein neues Auto«, sagte er mit feierlicher Miene.

Auto war völlig untertrieben. Die meterlange Stretchlimousine füllte den kompletten Platz aus. Auf der Haube prangte ein goldener Jaguar.

Was sollte er denn sagen? Dankeschön oder das habe ich mir schon immer gewünscht? Wo war sein alter Mercedes hin? Und was sollte er mit dieser Karre? Vollkommen ungeeignet für seinen Hof.

»Dein Wagen ist in der Werkstatt«, sagte Eugen und fuhr liebevoll mit einer Hand über das Dach des Luxusschlittens. »Das ist dein Einsatzwagen. Mit allem drin, was man braucht. Kugelsicher. Panzerglas. Und einen Kühlschrank voller Orangensaft und Schokoriegel gibt es auch. Wir hatten etwas Geld übrig.«

»Ich kann so ein Ding nicht fahren«, Tjarko sah ihn verwirrt an.

»Musst du auch nicht. Hast einen persönlichen Chauffeur.«

Hassan öffnete die Beifahrertür. »Stets zu Diensten, Kollege.«

»Kollege?«

»Allein schaffst du das nicht.«

Hassan Ahmed Mansour, Ostfriese mit iranischen

Wurzeln, reichte Tjarko die Hand. Drückte fest dessen Pranke und spürte in diesem Moment, dass der ungestüme Kerl ihm noch viele Sorgen bereiten würde.

Aber das ist eine andere Geschichte.

Tjarko thronte in einem feudalen Ledersitz. Mathilde streckte ihre Beine aus. Schob den Busen zurecht und drückte Hildegard eine Flasche Wasser in die Hand. Hassan startete den Motor.

»Zum Behrenshof, Hassi«, trällerte Eugen. Drückte nochmals auf den roten Knopf. »Und zwar dalli.« Kichernd legte er die Füße auf ein Tischchen.

»So eine Sprechanlage ist schon 'ne dolle Erfindung.«

Tjarko hatte gerade ganz andere Dinge im Kopf. Seit er in den Wagen gestiegen war, huschten hunderte Stimmen durch seinen Kopf.

Hey Behrens!

Moin, alter Knabe!

Bin ich tot, oder was?

Ich kann nicht schwimmen!

Wo bitte geht's zum Ausgang?

Kann mir mal einer das Steckbecken vom Hintern heben?

»Hörst du sie?«, fragte der Pastor.

Und wie er sie hörte. So laut und eindringlich, dass sein Kopf schmerzte. Er nickte und antwortete: »Jo.«

»Hervorragend. So habe ich wenigstens endlich Ruhe.« Eugen griente zufrieden. »Das, was du hörst, sind Notrufe. Gequälte, einsame Seelen.«

»Wann hören die auf?«

Jacobs schwieg einen Moment. Beugte sich nach vorne und zischte: »Rühr mir nie wieder Alkohol an. Du brauchst einen klaren Kopf.«

Hilfreiche Antwort.

»Damit bin ich fertig«, sagte Tjarko entschlossen.

Wie so viele Alkoholiker vor ihm. Aber da musste er jetzt durch. So einfach war das.

Jacobs reichte ihm eine Papiertüte. »Pass gut drauf auf.«

»Was ist das?«

»Butterbrote. Sollst ja nicht verhungern.«

Hassan hielt ein paar Meter weiter am Straßenrand.

»Sieh zu, dass du Thorsten los wirst«, sagte Jacobs

und half den Damen aus dem Wagen.

»Muss ich ihn wirklich verbrennen?«, fragte Tjarko.

»Lass dich von deinen Gefühlen leiten, mein Sohn«, säuselte der Pastor. »Klingt toll, oder? Hab' ich aus einem Film geklaut.«

Mathilde steckte ihren Kopf durch die Tür.

»Schnapp ihn dir, Tjarko.«

Fast geräuschlos bog die frisch polierte Limousine in die Einfahrt vom Behrenshof ein.

Tjarko fuhr die Scheibe herunter und blickte nachdenklich über den Hof. Lauschte dem teuflischen Grunzen aus seinem Holzschuppen. Überlegte. Und beschloss, dass es keine Alternative gab. Er biss in sein Butterbrot und stieg aus.

Hassan hob den Daumen nach oben. »Das musst du quasi allein regeln«, sagte er und rückte eine Schlafmaske über seinen Augen zurecht.

Tjarko wummerte an die Scheibe. »Was heißt quasi?«

»Quasi halt. Und nun lass mich 'ne Runde schlafen. Hab' morgen eine lange Fahrt vor mir. Schlitten fahren mit einer Horde Rentnerinnen.«

Na prima. Der Landwirt schaute in den Himmel.

Erste Schneeflocken rieselten auf seine Glatze. Er zog die Kapuze über den Kopf. Streckte seine Knochen. Stapfte mit langen Schritten über den Hof und blieb vor der Schuppentür stehen.

»Guten Tag, wie heißen Sie?«, tönte es ihm dumpf entgegen.

Tjarko hatte Thorsten netterweise einen Spiegel an die Wand genagelt. Dann hatte der wenigstens etwas Gesellschaft. Dämlicher Kerl. Erkannte nicht mal sein Spiegelbild.

Doch es wurde Zeit. Rache hin oder her.

Sein alter Herr, dieser elende Schweinehund, der seinen eigenen Sohn in den Suff gestürzt hatte, würde sonst niemals Ruhe geben. Tjarko war dem Dorf etwas schuldig. Zu viele ungute Dinge sind geschehen.

Aber er würde es auf seine Art glattbügeln. Niemand konnte ihn aufhalten. Noch nicht mal eine Flasche Schnaps vor seiner Nase.

Denn er war Tjarko Behrens.

Landwirt, trockener Alkoholiker und Geisterjäger. Quasi.

Ende

NACHWORT

Danke an meine Wortfee Gundula Bacquet. Für ihren Humor und der Spürnase für die richtigen Worte.

Ebenso eine tiefe Verbeugung an meine Ehefrau. Dass sie an mich glaubt, auch wenn ich oft den Glauben verloren habe.

Und eine Verbeugung an alle, die mich motiviert und ermutigt haben, diese Geschichte zu veröffentlichen.

Da ich mich nicht gerne in der Öffentlichkeit tummel, können Sie bei Instagram über **@andiglahnautor** Informationen zu diesem Buch finden. Dieses Social Media ist nicht so mein Ding. Ich telefoniere lieber. Ist doch schön, wenn man noch Freunde hat, die sich mit den modernen Dingen auskennen.

Danke Kumpel.

Ich geh dann mal Angeln.

Ihr

Paul Ontje, Nordseeküste 2021

Zum Autor

Paul Ontje ist freischaffender Autor und lebt mit seiner Familie im hohen Norden. Wenn er keine Bücher schreibt, angelt er gerne und züchtet Schafe. Man munkelt, dass sein Name lediglich ein Pseudonym ist. Bisher sind jegliche Versuche zur Enthüllung seiner wahren Identität kläglich gescheitert.